KB078685

전능의 팔찌

THE. OMNIPOTENT
BRACELET

김현석 현대 판타지 소설
FUSION FANTASTIC STORY

전능의 팔찌 42

김현석 현대 판타지 소설

초판 1쇄 찍은 날 § 2014년 11월 25일
초판 1쇄 펴낸 날 § 2014년 12월 1일

지은이 § 김현석
펴낸이 § 서경석

편집부장 § 권태완
편집책임 § 박은정

펴낸곳 § 도서출판 청어람
등록번호 § 제387-1999-000006호
등록일자 § 1999. 5. 31
어람번호 § 제1-1990호

주소 § 경기도 부천시 원미구 부일로 483번길 40 서경B/D 3F (우) 420-822
전화 § 032-656-4452 팩스 § 032-656-4453
http://www.chungeoram.com
E-mail § E-mail § chungeorambook@daum.net

ⓒ 김현석, 2011

ISBN 979-11-04-90001-3 04810
ISBN 978-89-251-2596-1 (세트)

※ 파본은 구입하신 서점에서 교환하여 드립니다.
※ 저자와 협의하여 인지를 붙이지 않습니다.
※ 이 책은 도서출판 청어람과 저작자의 계약에 의해 출판된 것이므로,
   무단 전재 및 유포 · 공유를 금합니다.

전능의 팔찌

THE OMNIPOTENT BRACELET

42

FUSION FANTASTIC STORY
김현석 현대 판타지 소설

청람

CONTENTS

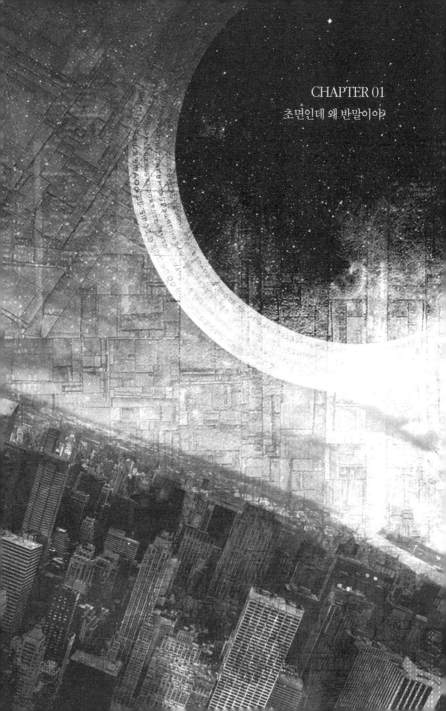

CHAPTER 01
초면인데 왜 반말이야?

전능의 팔찌

THE OMNIPOTENT
BRACELET

오늘은 아르센력 2856년 2월 14일!

모두가 깊은 잠에 취해 있을 이른 새벽이다.

이실리프 자치령이 들어서고 있는 바세른 산맥 아랫자락의 허공에서 하나의 신형이 스르르 돋아난다.

지금부터는 천지건설 부사장도 아니고, 천지기획의 사장도 아니며, 이실리프 어패럴과 이실리프 모터스, 그리고 이실리프 메드슨의 회장이 아닌 현수이다.

또한 이실리프 뱅크의 행장도 아니며, 천지약품 공동사장도 아니다.

이제부터는 아르센 대륙 역사상 단 한 번도 존재하지 못했던 10서클 대마법사이며, 위저드 로드이다.

또한, 그랜드 마스터이며, 보우 마스터이다. 뿐만 아니라 최상급 사대 정령과 숲의 요정 아리아니의 주인이다.

또한 레드드래곤 라이세뮤리안의 친구이며, 사위이다. 골드드래곤 제니스케리안에게도 사위가 된다.

이 밖에 대지의 여신에 의해 성녀의 배우자로 낙점된 상태이기도 하다. 마지막으로 미판테 왕국 로니안 공작과 라이서 제국 로이어 공작의 사위이기도 하다

현수의 신장은 184㎝ 정도 되고, 호리호리한 체형이다.

다소 야윈 듯 보이기에 70㎏ 정도라 생각하겠지만 실체중은 78㎏이다. 벗겨보면 근육질이라 그러하다.

일반적으로 근육이 살보다 무겁기 때문이다.

이런 현수의 신형이 허공에서 완전히 돋아났다.

"흐음! 흐으으음!"

현수는 부러 심호흡을 해본다. 공기가 다르기 때문이다.

"흐음! 역시……!"

지구의 공기와 비교한다는 것 자체가 난센스라 생각될 정도로 시원하고, 신선하다. 폐부에 박하 향기가 그대로 스며든 듯 청량감이 느껴져 몹시 기분이 좋다.

신선한 공기에 듬뿍 함유된 마나 때문이다.

"후아아! 여기 공기는 진짜……!"

형언할 수 없을 만족감이 해일처럼 밀려든다. 지구에선 억만금을 줘도 살 수 없는 신선함을 어찌 말로 표현하겠는가!

가능하다면 이곳 공기를 가져다 지구에 풀어놓고 싶다.

혼탁해진 공기에 이런 신선함을 불어넣으면 시들어가던 만물이라 할지라도 절로 소생할 듯싶다.

"근데 깜깜하네. 모두 자나?"

그믐인 듯 별빛 이외엔 빛이 보이지 않는다.

이곳은 이실리프 자치령이다.

동시에 드래곤 로드인 옥시온케리안의 영역이기도 하다.

비워달라는 요구가 있어 제니스케리안과 라이세뮤리안을 중재자를 보냈지만 아직 선이 그어진 것은 아니기 때문이다.

그렇기에 경계 근무자가 전무하다. 이곳으로 숨어들 인간이 없기 때문이다.

어떤 간 큰 인간이 있어 이곳을 침범한다 하더라도 곧 잡힌다. 기사와 마법사들이 즐비한 곳이기 때문이다.

백작급 영지의 병력 전체가 몰려와도 단숨에 일망타진될 정도로 강력한 무력을 가진 것이다.

몬스터의 습격은 우려하지 않아도 된다.

인근에 서식하던 놈들 모두 흑마법사의 나라인 브론테 왕국 쪽으로 쫓겨 간 때문이다. 두 드래곤의 작품이다. 따라서 밤새 경계 근무를 서는 건 인력 낭비일 뿐이다.

그럴 인력이 있다면 한시바삐 자치령의 수도를 완성시키는 데 투입하여야 할 것이다.

그런데 시선을 돌려보니 딱 한 곳에서 불빛이 보인다.

"흐음! 이냐시오 녀석이 잘하는 모양이네."

불빛이 있는 곳은 현수가 전장의 학살자 하인스와 대련했던 곳이다. 그때 동석해 있던 가가린 백작과 스미스 백작도 검을 섞었다.

실전보다도 더 치열한 대련이었지만 현수에겐 하수들의 몸부림 그 이상도 이하도 아니었다. 어쨌거나 그때 이들 셋의 검술을 면밀히 살펴 장단점을 파악하였다.

셋 다 더 이상 검을 들 기운조차 없어 헐떡이고 있을 때 현수는 장점을 더욱 키우고, 단점을 보완하는 방법을 일러주었다. 이 과정에서 여러 가지 검법에 대한 설명도 해주었다.

순간적으로 검강을 발현시키는 플래쉬 오러에 대한 심득도 그중 하나이다.

그런데 그때 깨달음을 얻은 스미스와 가가린이 소드마스터의 반열에 오르는 중이다. 지금도 참오하고 있을 것이다.

이곳을 떠나기 전에 이냐시오에게 그들을 잘 지켜주라는 명을 내렸다. 실제로 보호를 하라는 뜻이 아니라 소드익스퍼트 최상급이 소드마스터로 올라가는 과정을 눈여겨보라는 뜻이었다.

언젠가 본인도 그럴 때가 올 수 있기 때문이다.

천천히 걸어 대련장으로 향하던 현수는 숨죽인 채 한곳을 직시하는 무리를 발견하였다.

모두가 검을 다루는 기사다. 소드마스터가 탄생하는 현장을 부러움 섞인 시선으로 바라보고 있는 것이다.

현수는 가장 뒤쪽에 있던 사내의 등을 툭 쳤다.

"뭔데 그렇게 뚫어지게 처다보나? 재미있는 게 있어?"

"뭐? 너는 누구냐……?"

"나? 나에 대해선 알 거 없고, 뭘 보느냐구? 예쁜 여자가 목욕이라도 해?"

농담으로 한 말이다. 그런데 상대가 발끈한다.

"뭐……? 너, 방금 뭐라고 했냐? 어! 그리고 보니 마법사야? 마법사는 여기서 볼 거 없으니까 꺼져!"

마법사 따위가 감히 소드마스터의 반열에 오르는 과정을 폄훼하는 듯한 느낌을 받은 탓에 사내의 음성엔 역정이 섞여 있었다.

"아니, 뭘 보느냐고 묻는데 왜 이렇게 화를 내? 뭘 보는 건지 한 마디만 해주면 되는 건데."

"아! 마법사랑 관계없는 일이라는데 왜 이렇게 귀찮게 해? 어서 꺼져! 가서 잠이나 자라고."

말을 마친 사내는 더 이상 상대하지 않겠다는 듯 다시 앞을 바라본다. 뭔가 대단한 보물이라도 보는 듯한 표정이다.

그래 봤자 결계 속에서 지그시 눈을 감고 있는 전장의 학살자 하인스와 가가린, 그리고 스미스 백작이 있을 뿐이다.

결계 밖에 서 있는 이냐시오의 횃불이 활활 타오르고 있기에 보이긴 잘 보인다.

"흐음! 괜히 궁금해지네. 한번 가볼까?"

현수는 부러 중얼거리곤 몇 발짝을 떼었다.

"이봐! 마법사는 볼일 없는 거라고 했잖아. 거기 멈춰!"

"……!"

사람들의 대화를 듣다 보면 콕 짚어서 말하지 않아도 그 말 속에 담긴 뉘앙스를 느낄 수 있을 때가 있다.

지금이 그러하다. 기사와 마법사는 서로 추구하는 바가 다르기에 당연히 관심사도 다르다. 그렇기에 적으로 만난 게 아니라면 무슨 짓을 하든 내버려 두는 것이 일반적이다.

심하게 표현하면 소가 닭 보듯 한다. 관심 없다는 뜻이다.

그런데 이 녀석은 마법사에게 상당한 반감을 가진 듯 느껴졌다. 하여 뒤돌아보며 물었다.

"내가 보고 싶어서 가는데 왜 말리지?"

"이런 말귀 어두운 마법사를 봤나. 멈추라니까!"

스르르르릉—!

사내가 검을 뽑아 든다. 이제부터 손을 쓸 터이니 알아서 전투태세를 갖추라는 눈빛으로 쏘아본다.

"한번 해보자는 거냐?"

"이놈! 말끝이 짧다. 마법사들은 예의도 모르는가? 우린 서로 초면이거늘……."

"그러는 너는? 너도 초면인데 반말이잖아."

"이, 이놈이……!"

순간적으로 대꾸할 말이 옹색해진 젊은 기사는 검을 치켜든다. 그리곤 형형한 안광을 뿜어낸다.

분노가 등골을 타고 올라 정수리까지 자극한 듯싶다.

무협소설에선 이럴 때 분기탱천했다는 표현을 쓴다. 분한 마음이 하늘을 찌를 듯 격렬하게 북받쳐 오른다는 뜻이다.

힐끔 젊은 기사를 바라보니 갓 소드익스퍼트 중급에 오른 듯싶다.

얼굴을 보면 25세 정도로 보인다. 상당히 빠른 성취이다.

젊은 나이에 벌써 이 정도가 되었다면 분명 조급해하는 마음을 가졌을 것이다.

하루라도 빨리 더 높은 곳으로 올라가고 싶다는 열망이 고된 수련을 견뎌내게 하는 원동력이기 때문이다.

성장 과정을 지켜본 사람들은 칭찬을 아끼지 않았을 것이고, 대견하다든지, 대단하다는 평가를 했을 것이다.

이런 상황이라면 자신도 모르게 오만해질 수 있다. 모두가 우러러주고 있으니 그걸 깨닫는 것은 쉽지 않은 일이다.

무엇을 하든 칭찬받기 때문이다.

이럴 때 거역할 수 없는 누군가의 따끔한 일침이 있다면 다시금 겸손한 마음을 갖게 되는 계기가 될 수도 있다.

어쨌거나 이곳에 있으니 아주 오래 이실리프 자치령에 머물게 될 것이다. 어쩌면 여기에 뼈를 묻을지도 모른다.

그랜드 마스터인 현수가 롤 모델이니 끝없는 욕심이 발목을 잡을 것이기 때문이다.

현수는 기꺼이 가르침을 줄 생각이다. 하여 허리춤의 대거를 뽑아 들었다.

"마법사 주제에 그 짧은 대거로 나의 클레이모어를 상대하려고? 뒈지고 싶어 환장했냐?"

어이가 없다는 표정이다.

현수가 뽑아 든 대거는 실전용이 아닌 요리용이다.

날 길이는 불과 15cm 정도 된다. 반면 상대가 뽑아 든 클레이모어는 대형검으로 날 길이만 140cm 정도 된다.

둘의 무게를 비교해 보면 대거는 불과 200g이고, 클레이모어는 적어도 3kg이다.

누가 봐도 어이없는 상황이다. 무기로만 비교해 보면 유치원 다니는 아이와 격투기 선수의 대결이다.

그럼에도 현수는 태연자약하다.

"이봐! 내 고향엔 길고 짧은 건 대봐야 안다는 속담이 있어. 대가리 크다고 머리 좋은 건 아니잖아, 안 그래?"

가방끈 길다고 공부 잘하느냐고 물으려다 만 건 이곳에 적합하지 않은 비유인 듯싶어서이다.

"이잇……."

녀석은 놀림을 당한 기분인지 분노하는 표정을 짓는다.

"그나저나 내가 뒈질지 안 뒈질지 시험해 보지 않을 거야? 왜 그러고 서 있어?"

"그럼! 마법은 안 쓸 거냐?"

"글쎄? 내가 보기에 그럴 필요까지는 없을 것 같은데?"

상대의 심기를 박박 긁는 소리이다. 하지만 곧장 발작하지는 않는다. 고된 수련과 수많은 대련을 거치는 동안 겉으로 보이는 게 전부가 아니라는 걸 알게 된 때문이다.

상대는 현수를 유심히 째려본다.

신장은 184㎝, 몸무게는 70㎏ 정도이다. 마법사의 로브를 걸쳤으나 동년배로 보이니 기껏해야 2서클 마법사일 것이다.

손에 든 대거는 아무리 봐도 마법이 인챈트된 것 같지 않다. 너무도 평범해 보이는 때문이다.

어쨌거나 대거를 휘두를 때마다 화염이 쏟아져 나오거나 번개가 몰아치진 않을 것 같다.

시간은 짧았지만 사내의 시선은 예리했다. 현수의 머리끝에서 발끝까지를 두 번이나 훑으며 어떤지를 가늠했다.

그 결과 별 볼 일 없다 판단했는지 입술을 굳게 다문다. 입을 벌린 채론 힘을 끌어올릴 수 없기 때문일 것이다.

"방금 한 말 반드시 후회하게 해주지."

"……!"

"미리 경고하는데 내 검엔 눈이 없다. 그러니 다치더라도 나를 원망하지 말도록!"

"길고 짧은 건 대봐야 안 다니까."

"이런 미친……! 웬만하면 봐주려 했거늘, 좋아! 이건 네놈이 자초한 일이다. 덤벼!"

검을 곧추세우고 형형한 시선으로 현수를 노려본다. 사자는 작은 동물을 사냥할 때에도 최선을 다한다는 말이 있다.

상대가 허약해 보이고, 위협적이지 않은 무기지만 방심하면 당할 수 있다는 것을 알기에 빈틈을 노리는 것이다.

현수는 부러 긴장한 태세를 갖췄다. 그리곤 삽시간에 모든 빈틈을 제거했다. 어떤 공격이든 되받아칠 만반의 자세를 갖춘 것이다.

이 사내는 미판테 왕국 출신인 가가린 백작이 아끼는 제자이자 기사이다.

영지에 자리 잡은 중소규모 상단주의 자식인데 어린 나이일 때부터 두각을 나타내어 제자로 거둔 것이다.

마른 솜이 물을 빨아들이듯 가르치는 대로 실력이 늘었다. 하여 가가린 백작은 시간 날 때마다 가르침을 내렸다.

그때마다 강조한 것이 있다. 그것은 바로 공격이 최상의 방어라는 것이다.

먼저 공격하면 상대는 수세에 몰리게 된다.

이때를 놓치지 않고 거듭된 공격을 가하게 되면 허둥지둥하게 되는데 그때 드러나는 빈틈을 노리면 필승이라 하였다.

이보다 더 좋은 건 처음부터 상대의 빈틈을 노려 공격하는 것이다. 상대는 시종일관 수세에 몰려 허둥대다가 변변한 반격조차 못하고 패한다는 것이다.

하여 기사는 현수의 빈틈을 찾아보았다. 그런데 마치 철벽이 앞을 가로막고 있는 듯하다. 어떤 공격을 하든 그것을 저지하고 곧바로 반격할 상황인 것이다.

그렇게 되면 본인이 수세에 몰려 쩔쩔매게 된다. 하여 눈알만 굴릴 뿐 좀처럼 움직이지 못하고 있다.

"어이! 그 긴 걸 들고도 못 들어오는 거야? 그럼 내가 가? 내가 먼저 공격할까?"

현수가 마치 동네 양아치처럼 슬쩍슬쩍 어깨를 들썩이는 데도 빈틈이 보이지 않는다. 덥지도 않은데 사내의 이마에선 진땀이 솟기 시작한다.

"······!"

어쩌면 상대를 잘못 파악한 것일 수도 있다는 걸 직감한 때문이다.

가가린 백작이 가르침을 내릴 때 이런 말을 한 적이 있다.

"만일 상대에게서 빈틈을 찾을 수 없거든 그와의 대결은 피해라. 분명 너보다 고수이기에 그런 느낌을 받는 것이다."

"명색이 기사인데도 그래요?"

"기사는 목숨이 두 개더냐? 무모한 대결은 명만 짧게 할 뿐이다. 오늘은 물러나지만 수련을 거듭하여 훗날 그 치욕을 갚는 게 더 현명하지 않겠느냐?"

"네! 스승님의 말씀 가슴 깊이 새기겠습니다."

사내가 고개를 끄덕일 때 가가린 백작이 한마디 더했다.

"그런데 말이다. 가끔은 진짜 고수가 아닐 수도 있다."

"네? 진짜가 아니라니요?"

"우연히 빈틈을 찾을 수 없게 되는 걸 이야기하는 거다."

"아······!"

"그럴 땐 먼저 움직여 상대를 시험해 보거라. 그래도 빈틈이 안 보이면 그때는 줄행랑이 상수이다."

춘추전국시대 때, 오나라 합려(闔閭)를 섬기던 명장 손무(孫武 : BC 6세기경)가 있었다.

그가 저술한 손자병법을 보면 제36계가 주위상(走爲上)이다. 불리하면 도망치라는 것이다.

가가린 백작은 아르센 대륙의 귀족이며, 명망 높은 기사이다. 대개의 귀족과 기사들은 부러질지언정 휘어지지 않는 걸 자랑으로 여긴다.

지구에서도 중세 유럽의 기사들이 이러했다.

그런 기사들 이야기 중 하나가 스페인의 작가 세르반테스(Miguel de Cervantes)가 쓴 돈키호테이다.

주인공 돈키호테는 자신이 잘나가는 기사라 생각하는 살짝 맛이 간 놈이다. 그래서 이 세상의 비리를 바로 잡겠다며 늙은 말 로시난테(Rocinante)를 타고 돌아다닌다.

그러다 길가의 풍차를 거인으로 착각한다. 당연히 소탕해야 하는 대상이기에 돈키호테는 말을 몰아 달려갔다.

결과가 어떻겠는가!

무모함에 대한 예를 들 때 이 부분을 많이 인용한다.

그런데 이곳 아르센의 기사 중 상당수에겐 돈키호테 같은 기질이 있다. 그래서 아무리 불리해도 도주하지 않고 정면으로 대결에 임한다.

물론 이럴 경우 거의 대부분 목숨을 잃는다. 그런데 그걸 명예로 여기니 지구인의 관점에서 보면 웃기는 일이다.

아무튼 가가린 백작은 불리하면 줄행랑을 놓으라고 가르쳤다. 이곳의 기준으로 봐도 상당히 유연한 사고의 소유자이며, 어떤 면에서는 선구자일 수도 있겠다.

아무튼 상대가 좀처럼 다가오지 않자 현수는 슬쩍 한 걸음 앞으로 나서며 싱글싱글 웃어주었다. 비웃는 듯한 분위기이다.

"어이! 공격 안 하고 계속 그러고만 있을 거야? 그럼 짧은 걸 든 내가 공격한다."

"그, 그러시든지……!"

녀석은 당황한 듯 살짝 말을 더듬는다.

"근데 네 이름은 뭐냐?"

"나? 나는 라만차 드 판테스다."

"호오, 성이 있군. 귀족이냐?"

"아, 아버지가 준남작이시다."

"그래? 그나저나 니가 공격을 안 하니 내가 먼저 공격하지. 이게 보기엔 이래도 제법 예리하니 주의해야 할 거야."

날 길이 15㎝짜리 대거를 들고 140㎝짜리 클레이모어를 든 상대에게 먼저 공격하겠다고 하는 모습을 보았다면 누구나 배를 잡고 웃었을 것이다.

돈키호테가 풍차에게 달려드는 꼴이기 때문이다.

그런데 이상하다. 라만차 드 판테스가 움찔하며 한 걸음 물러난 때문이다. 이는 현수가 아무렇게나 대거를 흔들고 있음에도 전혀 빈틈을 발견할 수 없었던 때문이다.

'고수다! 으으, 왜 참견은 해가지고……. 어떻게 하지? 어떻게 할까? 스승님 말씀대로 튀어야 하는데 어디로 가지?

좌우로는 갈 수가 없다. 길다란 담장이 세워져 있기 때문이다. 그렇다면 후방으로 빠져야 한다.

아직 해가 뜨지 않아 어둡지만 다행히 길은 잘 닦여 있다.

빌모아 일족의 감독하에 브론테 왕국에서 피난 온 일꾼들이 만든 포장도로이다. 가로세로 각기 15㎝짜리 돌을 박아서 만들었는데 색상을 고려하여 하나의 그림이 되도록 박았다.

이실리프 자치령이 영원무궁토록 발전하라는 의미에서 떠오르는 태양이 느껴지도록 한 것이다.

어쨌거나 아주 잘 닦인 도로이니 마구 달려도 돌부리에 걸려 넘어지는 불상사는 없다.

흘끔 뒤를 돌아본 라만차는 짐짓 상대의 공격에 대비한다는 듯 클레이모어를 고쳐 잡는다.

"더, 덤벼!"

"짜식! 쫄았구나."

라만차의 반응은 즉각적이다. 진짜로 쫄아 있었던 것이다.

"쪼, 쫄기는! 누, 누가 쫄았다고 그래? 근데 넌 누구냐? 마법사 같은데 칼도 잘 쓰냐? 마법사야, 검사야?"

"나? 마법사이면서 검사이기도 하지. 활도 잘 쏴!"

"화, 활도……?"

얼른 현수의 등을 바라본다.

활이 거기 걸려 있다면 도주하다 등에 화살이 꽂히는 불상사가 발생될 수 있기 때문이다.

그런데 보이지 않는다. 하여 내심 안도의 한숨을 내쉴 때이다. 현수의 입술이 달싹였으나 라만차는 볼 수 없었다.

횃불을 등지고 있었던 때문이다.

현수의 입술은 '아공간 오픈' 이라는 모양이었다. 곧이어, '아리아니! 활과 화살 하나 부탁해' 라고도 움직였다.

아공간 관리자 아리아니의 움직임은 섬전처럼 빠르다.

그렇기에 현수의 손에 활이 쥐어지는 데 걸린 시간은 불과 1초 남짓하다. 다음 순간 라만차가 경악성을 토한다.

"헉……!"

현수에겐 분명히 활이 없었다. 있다 하더라도 로브 안쪽에 있었을 것이다. 그걸 꺼내려면 로브를 들춰야 한다.

로브가 펄럭이지 않고는 활을 꺼낼 수 없는 것이다.

그런데 그야말로 눈 깜박할 사이에 활시위를 당기고 있다. 라만차는 대경실색하며 물러서지 않을 수 없었다.

"그, 화, 활! 그건 어디서……. 누, 누구십니까?"

현수는 대답 대신 조준했다.

타깃은 라만차의 뒤쪽 의나무[1]에 달린 손가락 끝마디만 한 붉은 열매이다.

---

1) 의나무 : 이나무라고도 한다. 산유자나뭇과의 낙엽 활엽 교목.

이를 자신의 이마를 조준했다 느낀 라만차는 옆으로 이동하며 클레이모어를 고쳐 잡는다.

화살이 날아오면 재빨리 떨궈야 하기 때문이다.

머리를 보호할 헬멧을 쓰지 않았고, 아머도 걸치지 않았으므로 화살에 맞으면 죽을 수도 있다.

심장에 맞아서 죽으면 단숨에 죽으면 그만이지만 금방 죽지 않는 경우엔 나중에 아주 큰 고통을 겪는 수가 있다.

파상풍(Tetanus)에 걸리게 되면 목과 허리가 뒤로 젖혀져 몸이 활처럼 휘어지는 각궁반장(角弓反張) 증세가 나타난다.

아울러 입을 벌리거나 음식물을 삼키기 힘들고, 몸의 모든 근육이 경직되며, 경련 때문에 호흡이 곤란해진다.

이런 지독한 고통을 겪으며 죽게 되느니 차라리 빨리 죽는 게 낫다는 말이 있을 정도이다.

이때 현수의 입술이 다시 달싹인다.

"아리아니! 활과 화살 아공간 입고해!"

"넹—!"

말 떨어지기 무섭게 빈손이 된다. 현수는 다시 대거를 꺼내 들었다. 그나저나 아리아니는 지구에서 너무 많은 걸 배운 듯하다. 대답을 해놓고는 혓바닥을 날름거린다.

'나 귀엽죠?' 하는 표정이다. 현수가 싱긋 웃어주는 동안 라만차의 두 눈은 화등잔만 해진다.

순식간에 무기가 바뀌니 어찌 안 그렇겠는가!

"허억……!"

또 한 번 경악성을 토하지 않을 수 없다. 사람이 어찌 이처럼 빠르게 움직일 수 있는가!

사라진 활과 화살은 어디로 갔는지 아예 보이지도 않는다.

등에 맨 것도 아니고, 로브를 들추고 안에 넣은 것도 아니다. 하여 어디에 있나 찾느라 잠시 눈알을 굴렸다.

그러거나 말거나 현수는 능글맞은 미소를 짓는다.

"어이! 이제 슬슬 시작해야지. 아까 네 클레이모어엔 눈이 없다고 했나? 보다시피 이 대거에도 눈은 없어. 그러니 조심해야 할 거야."

슬쩍 대거의 양쪽 옆면을 보여주었지만 그래도 빈틈을 찾을 수 없던 라만차는 긴장하는지 마른침을 삼킨다.

'으으, 진짜 고수잖아! 쓰벌, 나 이제 새 됐다.'

라만차는 곁눈질로 주변을 살핀다. 현수가 한 발짝이라도 다가서면 그 즉시 튀려는 준비를 하는 중이다.

이때 현수가 갑자기 다가오며 대거를 쑥 내민다. 그런데 그 움직임이 가히 섬전이다.

"켁! 큭—!"

어느새 턱밑에 대거가 닿아 있다. 싸늘한 느낌이다. 이제 상대가 힘주어 쑤실 것이다. 그럼 세상과 하직이다.

라만차는 와락 겁을 느끼곤 부들부들 떤다.

그러다 문득 억울하다는 생각을 했다. 결혼도 미룬 채 오로지 수련장에서만 살았는데 너무도 허무하다.

그것도 마법사의 검에 의해 죽는다!

기사로서 치욕이다.

하지만 반항할 상황도 아니다. 하여 네 마음대로 하라는 뜻으로 두 눈을 질끈 감아버렸다. 미구에 닥칠 고통이 겁이 났지만 찔리면 바로 죽을 것이다.

그런데 한참이 지나도록 반응이 없자 슬며시 오른쪽 눈만 떴다. 상대가 오른손잡이이니 왼쪽을 찌를 것이기 때문이다.

이때 현수의 입술이 열린다.

"이제 앞으로 가서 봐도 되지?"

"네……? 아! 네에, 그럼요."

라만차가 힘차게 고개를 끄덕인다.

"근데 진짜로 말 안 해줄 거야? 저 앞에 뭐가 있기에 그렇게 보는 거였어?"

"네? 아, 저 앞엔 제 스승님이신 가가린 백작님과 스미스 백작님께서 계십니다. 지금 깨달음을 얻으셔서 소드마스터의 반열에 오르시는 중이라 하여 구경하러 왔습니다."

"그래? 뭐 별로 볼 것도 없군. 여기 계속 있을 건가?"

"네? 아, 네에. 그럼요."

"그럼 두 백작이 명상에서 깨어나면 바실리로 날 찾아오라고 하게."

"바실리요……? 거기서 누구를……. 서, 설마……!"

라만차는 자신의 뇌리를 스친 인물과 현수가 동일인인지 여부를 가늠하고 있다.

이실리프 자치령의 주인 하인스 멀린 킴 드 세울은 이실리프 마탑주이면서 위저드 로드이고, 그랜드 마스터이다.

겉보기엔 25세 정도로 보이지만 실제 나이는 300세 정도이며, C급 용병 차림을 즐겨한다고 한다.

스승인 가가린 백작이 말하길 하인스 마탑주님은 매우 너그럽고, 소탈한 분이기는 하나 심기를 건드리면 어느 나라든 패망시킬 정도로 강력한 분이시다.

10서클 마스터에 오르신 분이니 드래곤보다 약하지 않을 것이라면서 혹시라도 만나게 되면 절대 무례히 굴지 말라고 신신당부했다.

자칫 테리안 왕국의 패망을 자초하는 일이 될 수 있다는 것이 그 이유였다.

라만차의 얼굴이 갑자기 창백해진다. 아울러 전신에서 진땀이 배어나온다. 그랜드 마스터가 아니라면 그 짧은 대거로 클레이모어를 든 자신을 단숨에 제압할 수 없다.

하여 현수의 정체를 짐작한 때문이다.

"호, 호, 혹시 마, 마, 마탑주님이십니까? 크엉! 주, 죽을죄를 지었습니다요. 요, 용서를 바랍니다."

쿵―! 쾅―!

첫 번째 쿵은 무릎이 땅과 충돌할 때 난 소리이고, 두 번째 쾅은 이마로 땅을 들이받을 때 난 소리이다.

"제, 제발! 사, 살려주십시오. 네? 제, 제발!"

라만차는 저도 모르게 큰 음성으로 애원했다. 이때 누군가 고함을 지른다.

"누구야? 이 중요한 순간에 누가 시끄럽게 떠들어? 대체 어떤 자식인 거야? 엉? 넌, 누구냐?"

버럭 소리를 지르며 달려온 사내는 라만차보다 조금 더 앞쪽에 있던 자이다. 척 보니 소드익스퍼트 중급인데 라만차보다 훨씬 숙련되어 있다.

나이도 서른은 훨씬 넘겨 사십의 문턱에 다다른 체격 좋은 사내이다. 이른 새벽이라 아머를 걸치고 있지 않지만 틀림없는 기사이다.

사내는 엎드려 고개를 조아리고 있는 라만차를 일별하곤 현수에게 시선을 준다. 네가 떠든 장본인이냐는 표정이다.

그러면서 현수의 아래위를 훑는다.

"마법사군! 넌 누구냐고 물었다."

"그러는 넌 누구지?"

"뭐야? 라만차, 이 녀석 누군지 알지? 이 싸가지가 없는 놈은 대체 누구야? 테리안 왕국은 아닐 거고. 미판테 왕국 출신 마법사야? 근데 왜 이렇게 떠들었어?"

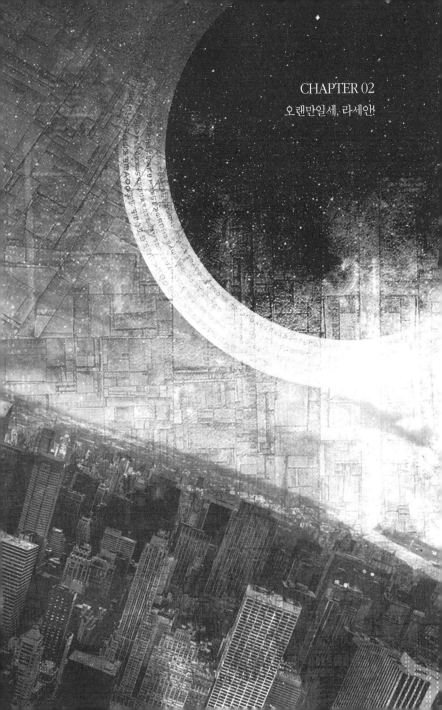

CHAPTER 02
오랜만일세, 라세안!

이곳 자치령엔 여러 나라 사람들이 모여 있다. 그중 가장 많은 인원은 흑마법사의 나라 브론테 왕국이다.

자신들을 억압하고 지배하던 흑마법사들을 피해 상당히 많은 수가 이주해 온 상태이다. 다음은 이 땅의 예전 주인이었던 테리안 왕국 사람들이다.

스멀던 후작은 203명의 마법사를 인솔해 왔고, 스미스 백작은 167명의 기사를 데리고 왔다. 이들을 수행하던 시녀와 시종, 그리고 병사들의 수효도 상당하다.

뿐만이 아니다. 많은 수의 유민 또한 흘러든 상태이다.

다음으로 많은 인원은 바벨강 건너편 미판테 왕국 사람들이다. 로윈 후작은 224명의 마법사를, 가가린 백작은 188명의 기사를 이끌고 왔다. 이들의 곁에서 시중들고 보좌하던 시녀와 시종, 그리고 병사 또한 상당수이다.

그럼에도 브론테 왕국의 마법사냐는 말을 묻지 않은 이유는 그쪽 출신은 모조리 흑마법사이기 때문이다.

흑마법사의 대척점에 존재하는 것이 백마법사이다.

이들은 흑마법사를 몹시 증오한다. 하여 모든 마법사에 대한 조사가 있었다. 누가 흑마법사인지를 찾아본 것이다.

그 결과 브론테 왕국 출신의 흑마법사는 없는 것으로 판명되었다. 그렇기에 미판테 출신이냐는 말을 한 것이다.

아무튼 기사의 서열은 나이가 아니라 실력으로 결정된다. 같은 중급이라도 갓 중급이 된 자와 상급을 넘보는 자 사이엔 간극이 크다. 자기들끼리 하는 표현을 빌자면 하늘과 땅만큼의 차이가 있다.

따라서 라만차는 즉각적으로 대답을 했어야 한다. 같은 왕국 출신 기사이기에 당연한 일이다. 그런데 하늘같은 선배의 말을 무시했다. 그리곤 연신 현수에게 고개를 조아린다.

"죄송합니다, 죄송합니다, 정말 죄송합니다요."

자신의 말에 대답은 하지 않고 현수에게 빌기만 하는 라만차를 본 사내는 꽤썸한 마음이 들었다.

그런데 뭔가 조금 이상하다.

실력을 인정받은 기사가 저서클 마법사에게 비굴할 정도로 고개를 조아린다.

뭔가 큰 실수를 했음을 스스로 인정할 때, 혹은 감당할 수 없는 적에게 목숨을 구걸할 때 이러하다.

하여 사내는 현수의 면면을 살펴보았다.

25세에, 1 내지 2레벨 마법사로 보인다. 키는 중간 정도 되고 마른 몸매라 힘도 없을 것 같다. 혹시 주변에 다른 일행이 있나 싶어 살펴보았지만 아무도 없다.

"뭐야? 이 시츄에이션은! 어이, 라만차! 대체 왜 이래? 무슨 죄를 지었기에 멸치 대가리 같은 놈에게 고개를 숙여?"

"며, 멸치 대가리요? 으으! 후리켄 선배!"

"왜? 내가 못할 말 했어? 비쩍 말라 멸치 대가리처럼 보이는 거 맞구만."

후리켄이 대수롭지 않은 일이라는 듯 대꾸하고는 현수에게 시선을 준다.

"어이! 마법사. 조금 전에 네가 시끄럽게 한 거야? 지금 여기서 어떤 일이 빚어지는지 알고 그런 소란을 떤 거야?"

"서, 선배!"

"시끄러! 넌 찌그러져 있어. 마법사 따위에게 고개나 숙이고…… 기사 망신 다 시킨 것에 대한 처벌은 나중에……."

라만차가 끼어들려 하자 후리켄이라는 기사는 손을 내젓는다. 가만히 있으라는 뜻이다.

"어이! 마법사. 왜 대답을 안 해? 사람이 뭘 물어봤으면 제깍제깍 대답해야 할 거 아냐. 왜 떠들었냐고?"

"내가 떠든 게 아니고 니 후배 라만차가 떠든 건데?"

"라만차가……? 진짜 네가 그랬어?"

"네, 선배! 이, 이분은……."

"이런, 뷰웅신! 이깟 저서클 마법사에게 이분은 무슨 말라비틀어진……. 좋아, 왜 떠들었는데?"

보아하니 평상시에도 마법사들을 탐탁지 않게 생각하는 자인 듯싶다. 어찌 한마디 하지 않을 수 있겠는가!

"어이! 거기, 기사!"

"…나? 근데 방금 어이, 거기라고 했나? 보아하니 나이도 어린 것 같은데 건방진……. 어디서 감히……! 말해봐, 넌 대체 어느 나라 출신이냐? 테리안은 아니고 미판테냐?"

"아니! 그러는 너는 어디 출신이냐?"

너무도 어이없어 반문하자 기사는 검을 잡는다. 나이 어린 현수가 말을 놓자 살짝 화가 났다는 뜻이다.

"어쭈! 그게 어른에게 묻는 태도야? 말해! 누가 널 가르쳤는지. 제자를 보면 그 스승을 알 수 있다고 했는데 보아하니 아주 싸가지 없는 놈 밑에서 배웠겠구만, 안 그래?"

이 정도 도발을 하면 누구나 발끈한다. 하지만 현수는 누구나가 아니다.

"후후! 내 스승님이 누군지 알면 기절할 텐데?"

"기절? 내가? 미친……! 누구야? 누가 네놈의 스승이냐? 말해봐. 기절할 준비해 줄게."

문득 장난기가 돋은 현수가 눈썹을 치켜 올린다.

"정말? 내 스승님은 정말 대단하신 분인데?"

"대단은 무슨……. 오냐! 말해봐라. 얼마나 대단한 사람인지. 네놈의 스승이 이실리프 마탑주이실 리는 없으니 내가 기절할 일은 없다."

자신만만한 표정이다.

현수의 스승이 제아무리 고서클 마법사라 할지라도 자신이 모시는 스멀던 후작에 비하면 한 수 아래일 것이 분명하기 때문이다.

미판테 왕국의 로윈 후작이라면 조금은 찜찜할 것이다.

스멀던 후작과 로윈 후작은 이곳에서 처음 만났지만 둘 사이의 관계는 돈독 그 이상이기 때문이다.

하지만 조금 전에 분명히 미판테 왕국 사람이 아니라 하였으니 이처럼 자신만만한 것이다.

"서, 선배……!"

더 말을 나눴다간 경을 치게 생겼는지라 라만차가 급히 끼어들려 하였으나 또 후리켄이 팔을 휘젓는다.

"시끄러! 넌 찌그러져 있으라고 했잖아."

후리켄은 성난 시선으로 현수를 째려본다. 누가 스승인지 어서 대라는 뜻이다.

"내 스승님은……."

"그래! 니 스승님은……?"

"멀린 아드리안 반 나이젤이라는 분이시지."

"멀린, 누구……?"

후리켄은 웬 듣보잡이냐는 표정이다. 기사인지라 마법사들에 관한 화제로 이야기하는 경우가 별로 없다.

멀린은 신화처럼 전해지는 인물이지만 누구나 다 안다. 어린 시절 할아버지나 아버지의 무릎에 앉아 듣기 때문이다.

그때의 묘사되는 멀린은 거의 신과 동급이다. 광룡을 때려잡은 마법사이니 대단하게 묘사되기 때문이다.

당시 멀린이 미친 드래곤을 제압하는 광경을 본 사람들이 있었다. 이들의 입을 통해 전해진 이야기는 구전되는 동안 점점 더 과장되었다. 그래야 듣는 사람들이 더 실감나게 대단하다는 느낌을 받기 때문이다.

아무튼 기사든 누구든 멀린에 관한 이야기는 모두가 잘 알고 있다. 한국으로 치면 홍길동을 모르는 사람이 없는 것과 거의 비슷한 수준이다.

따라서 멀린이 화제에 오르는 경우는 거의 없다. 다 알기 때문이다. 후리켄도 당연히 멀린을 안다.

하지만 기억 저쪽에 잘 저장된 이름일 뿐이다. 그렇기에 듣고도 생각해 내지 못한 것이다.

이쯤 되면 확실히 설명해 줘야 알아듣는다.

"내 스승님은 멀린 아드리안 반 나이젤이시지! 이실리프 마탑을 창건하셨고, 제1마탑주 자리에 계셨던 분이시다."

"네, 네에?"

후리켄의 눈이 대번에 크게 떠진다. 흰자위가 많아 보이는 것이다. 그리곤 떨리는 음성으로 말을 잇는다.

"이, 이실리프 마, 마탑의 타, 탑주님이시라면… 호, 혹시 하인스 멀린 킴 드 셰울 마, 마탑주님이신 겁니까?"

후리켄의 얼굴은 눈에 뜨이게 창백해져 있다. 아울러 다리에서 힘이 빠졌는지 후들후들거린다.

이제야 자신이 누구를 건드렸는지 알게 된 때문이다.

"그래! 나는 이실리프 마탑의 제2마탑주이고, 위저드 로드이며, 그랜드 마스터에 보우 마스터이기도 하지."

"세, 세상에……!"

"여기 이실리프 자치령의 주인이며, 새로 건국된 이실리프 왕국의 국왕이기도 하다."

"끄응―!"

털썩―!

후리켄의 입에서 나직한 침음이 나오는가 싶더니 그대로 쓰러져 버린다. 너무도 아득하여 혼절해 버린 것이다.

하늘같은 존재에게 죄를 지었다.

본인도 벌을 받겠지만 당연히 관리감독자에게도 책임을 물을 것이다. 자신이 주군으로 모시는 스멀던 후작의 무릎 꿇은 모습이 스치자 그대로 정신을 잃은 것이다.

"선배……!"

라만차가 얼른 다가가 흔들어보지만 무반응이다.

"후리켄이 깨어나면 너희 둘 모두 가로베기 3천 번, 세로베기 3천 번씩 하도록!"

"네? 아, 네에. 알겠습니다. 충―!"

라만차는 경을 치지 않는 것만으로도 다행이라는 표정으로 얼른 군례를 올린다. 하늘에다 대고 주먹질을 한 것이나 다름없으니 꼼짝없이 죽었다고 생각하고 있었던 것이다.

한편, 비교적 앞쪽에 있던 자들은 뒤에서 일어난 소란에 이맛살을 찌푸리고 있었다.

가가린 백작과 스미스 백작이 깨달음을 얻어 소드마스터의 반열로 오르는 아주 중요한 순간이기 때문이다.

하여 지금껏 숨죽인 채 전면만 응시하고 있었다.

그런데 떠들고 뭔가 묵직한 것이 땅에 떨어지는 진동마저 느껴지자 화가 났다.

지금은 중요한 순간이라 소란을 피울 수가 없어 잠자코 있지만 누군지 확인이 되면 반드시 징치하리라 생각했다.

그런데 그걸로 끝이 아니다. 소란을 피웠던 누군가가 저벅저벅 소리를 내며 걸어온다.

당연히 시선이 돌아간다. 로브를 걸친 마법사이다.

몹시 중요한 순간을 망치는 장본인이 마법사라는 생각이 들자 일제히 검을 뽑아 든다.

스르릉―! 스르르르룽―!

누가 시키거나, 누군가 명령을 내린 것이 아님에도 일심동체인 듯 일제히 움직인 것이다.

그리곤 분노의 눈빛으로 째려본다.

그러거나 말거나 현수는 갈 길을 걸었다. 소리를 내어 걷든, 고함을 질러 소란을 피우든 아무런 지장이 없기 때문이다.

현수는 혹시 있을지 모를 사고를 미연에 방지하기 위해 결계를 친 바 있다. 소드마스터가 아니라면 흠집조차 입힐 수 없는 것이다.

결계는 외부에서의 음파와 진동마저 차단시킨다. 그렇기에 라만차과 후리켄의 도발을 타이르지 않고 제압했던 것이다.

이런 사실을 모르는 기사들은 흉흉한 기세로 현수를 노려

보며 모여들었다.

이 순간이다. 누군가 현수를 알아본 모양이다.

"마탑주님 행차이십니다. 모두 물러서세요."

"……!"

분위기 반전이란 건 이럴 때 쓰는 말일 것이다.

라만차의 다급한 음성을 들은 기사들은 일제히 뒤로 물러서며 군례를 올린다.

쿵, 쿵, 쿵, 쿠쿠쿠쿠쿠쿠쿵—!

"추, 추, 추추추추추추추추충—!"

현수는 가볍게 고개를 끄덕여 주고는 이냐시오에게 다가갔다.

"아! 고모부, 오셨습니까?"

"그래! 별문제 없지?"

"그럼요! 여긴 걱정 안 하셔도 됩니다."

"하하, 녀석! 잘 지켜보고 있거라. 저들이 무의식중에 행하는 행동도 눈여겨보라는 뜻이다."

"아! 네에, 알겠습니다."

이냐시오는 크게 고개를 끄덕인다.

검사들은 소드익스퍼트에서 소드마스터로 진화할 때 저도 모르게 자신의 검법을 가다듬게 된다.

그래서 거의 무의식 상태에서 검을 휘두른다.

그런데 참오에서 깨어난 이후 이를 기억하지 못하는 경우가 종종 있다. 다시 시전해 보라고 해도 못한다.

그런데 실전 상황에서 위기에 처하게 되면 저도 모르게 이를 시전하게 된다. 이냐시오에게 잘 지켜보라는 의미는 상승 검법을 견식하여 이를 참고하라는 뜻이었다.

이 말은 이냐시오의 귀에만 들린 것이 아니다. 장내의 모든 기사가 귀를 쫑긋 세우고 둘의 대화를 들었다.

이쯤 되면 조금 더 자세히 설명해 주어야 한다. 중2에게 느닷없이 미적분 이론을 설명한 것이나 다름없기 때문이다.

"소드마스터가 될 때 저도 모르게 검을 휘두르는 경우가 있는데 이때의 검식은 깨달음이 실린 상승검법일 확률이 매우 높다. 그러니 잘 봐두었다가 그대로 따라하면서 그 속에 담긴 뜻을 유추해 보면 큰 도움이 될 것이야."

"아……!"

모두의 입에서 나직한 탄성이 터져 나온다.

아무것도 없는 상황에서 새로운 것을 만들어내는 창조(創造, Creation)는 상당히 어려운 일이다.

이에 비하여 전에 있던 어떤 것을 참고하여 새로운 것을 만들어내는 창제(創製, Invention)는 비교적 쉽다.

훈민정음 해례본엔 다음과 같은 글귀가 기록되어 있다.

나랏 말ᄊ미 듕귁에 달아 문ᄍ와로 서르 ᄉᆞᄆᆞᆺ디 아니ᄒᆞᆯᄊᆡ
國之語音 異乎中國 與文字不相流通

이런 젼ᄎ로 어린 빅셩이 니르고져 홇배 이셔도
故愚民 有所欲言

ᄆᆞᄎᆞᆷ내 제 ᄠᅳ들 시러펴디 몯 홇 노미 하니라
而終不得伸其情者 多矣

내 이ᄅᆞᆯ 윙ᄒᆞ야 어엿비 너겨 새로 스믈여듧 ᄍᆞ를 ᄆᆡᇰᄀᆞ노니
予 爲此憫然 新制二十八字

사ᄅᆞᆷ마다 ᄒᆡ여 수비 니겨 날로 ᄡᅮ메 뻔한킈 ᄒᆞ고져 홇 ᄯᆞᄅᆞ
미니라

欲使人人易習 便於日用耳

이를 현대문으로 해석해 보면 다음과 같다.

우리나라 말이 중국과 달라서 한자와 서로 통하지 못한다.

이런 까닭으로 어리석은 백성이 말하고자 하는 바가 있어
도, 마침내 제 뜻을 펴지 못하는 사람이 많다.

내가 이것을 딱하게 여겨 새로 스물여덟 글자를 만드노니,
모든 사람으로 하여금 쉽게 익혀서 날마다 쓰는 데 편하게 하
고자 할 따름이다.

이 책의 첫머리엔 '솅종엉젱 훈민졍흠(世宗御製 訓民正音)'
이라 쓰여 있다.

이 중 어제(御製)는 왕께서 만드셨다는 뜻이다.

분명히 조(造)가 아니고 제(製)이다. 이는 한글 이전에 무언가가 있었음을 의미한다.

이것이 무엇인지는 세종실록과 정인지의 해례서문에서 찾아볼 수 있다.

세종 23년에 작성된 세종실록 103권을 보면 '언문은 모두 옛 글자를 본받아 되었고, 새 글자는 아니다. 언문은 전(前) 조선시대에 있었던 것을 빌려다 쓴 것이다' 라고 기록되어 있다.

세종실록 25년의 기록을 보면 '이달에 상감께서 친히 스물여덟 자를 지으시니, 그 자는 고전(古篆)을 모방한 것이다' 라고 쓰여 있다.

정인지의 해례서문을 보면 '계해년 겨울에 우리 전하께옵서 정음 스물여덟 자를 창제하시고, 간략하게 예의를 들어서 보이시면서 이름 지어 가로되 훈민정음이라 하시니, 상형하되 글자는 옛날의 전자를 본따고……(하략)' 이라 기록되어 있다.

이때 세종대왕이 참고한 것으로 여겨지는 문자는 가림토(加臨土) 또는 가림다(加臨多)라는 문자이다.

기원전 22세기 고조선에서 만들어진 것으로 추정되는데 환단고기(桓檀古記)에 기록되어 있다.

어쨌거나 없던 것을 새로 만들어내는 것보다 뭔가를 보고 모방하는 것이 훨씬 쉬운 일이다.

현수의 이야기를 들은 기사들은 일제히 가가린 백작 쪽으로 시선을 돌린다. 공교롭게도 이 순간 가가린 백작이 칼을 뽑아 든다. 그리곤 아주 천천히 검식을 시전하기 시작했다.

마치 검법을 가르쳐 주려는 듯 아주 느린 움직임이다. 그리고 반복적이다. 모든 기사는 숨죽이며 이를 지켜보고 있다.

현수 입장에선 별것도 아니기에 슬그머니 물러섰다.

그럼에도 아무도 쳐다보지 않는다. 모두들 완전히 몰입한 상태인 때문이다.

"모두들 얻는 게 있어야 할 텐데."

아무리 열심히 본다고 해도 그 검식의 오의마저 깨달을 수는 없기 때문이다.

천천히 걸어 자치령 공사 현장들을 둘러보았다. 빌모아 일족의 정성과 손길이 곳곳에서 느껴진다.

그러고 보니 생각보다 많은 진척이 있었다. 생각보다 공사 기간이 짧을 듯하여 괜스레 기분이 좋아졌다.

기중기나 불도저, 페어로더나 포크레인 같은 중장비가 없음에도 이런 진척을 보일 수 있었던 것은 아마도 경량화 마법의 힘일 것이다.

"포크레인을 안 가져와도 돼서 다행이야. 그런데 좀 쌀쌀하네. 제대로 된 난방 시설이 없을 텐데 어찌 지내지?"

이곳은 아직 2월이다. 그리고 깊은 산중이라 몹시 춥다.

이곳은 지구만큼 의복이 발달되어 있지 않다. 기모 의류도 없고, 플리스도 없으며, 히트텍도 없다.

이렇듯 기능성이 아니더라도 솜을 넣고 누빈 것이나, 닭이나 거위 깃털을 주요 소재로 쓴 덕다운이나 구즈다운 의류 또한 없다.

짐승 가죽을 엉성하게 꿰매서 만든 무겁고, 냄새나는 것이 고작이다. 그렇기에 아무리 이런 기후에 익숙해진 몸이라 할지라도 추위를 느낄 만큼 쌀쌀하다.

"흐음! 급한 대로 항온마법진을 나눠줘야겠군."

의사들이 권하는 겨울철 적정 난방 온도는 17~22℃이고, 습도는 20~60%라 되어 있다.

외기와 기온차가 크면 출입할 때마다 급격한 온도 변화에 적응하여야 하므로 몸에 무리가 갈 수 있어서 그런 것이다.

그런데 이 온도에 맞추면 조금 춥다. 그렇기에 항온마법진의 온도를 25℃로 맞출 생각이다. 이 정도면 밖이 아무리 추워도 포근히 잠들 수 있을 것이다.

그런데 이것만 해결해 줘선 안 된다.

작업을 마치고 숙소로 돌아오면 세수를 하거나 샤워, 또는 목욕을 할 수 있어야 한다. 많은 사람이 모여서 작업을 하고 있으니 위생이 매우 중요한 때문이다.

만일 콜레라, 발진티프스, 이질, 장티푸스, 백일해, 홍역,

성홍열 같은 전염병이 돈다면 어찌 되겠는가!

병의 원인과 전파 경로, 치료 방법 등을 전혀 모르기에 앉은 채 당하게 될 것이다.

예를 들어, 페페스트는 감염되면 고열과 두통, 그리고 호흡 곤란 증상이 나타나는 치명적인 급성 전염병이다.

즉시 치료되지 않으면 24시간 안에 사망할 수도 있다.

의료 개념이 비교적 잘 정립되어 있는 지구에서의 치사율은 약 60%이다. 만일 이곳에서 전염되기 시작한다면 모르긴 몰라도 90% 이상이 목숨을 잃을 것이다.

격리라는 개념 자체가 없는 곳이기 때문이다.

따라서 위생관념을 갖도록 교육하는 것도 중요하고, 그러한 환경을 갖춰주는 것 역시 매우 중요하다.

그런데 작업을 마치고 돌아온 피곤한 몸으로 언제 장작불을 지펴 물을 데우고 씻겠는가!

이를 해결하기 위한 방안은 40℃짜리 항온마법진을 제공하는 것이다. 이것을 커다란 물통 또는 물웅덩이에 넣어두면 항상 따뜻한 물을 쓸 수 있게 될 것이다.

이런저런 생각을 하며 자치령 외곽까지 간 현수는 마나에 의지를 실어 보냈다.

[라세안! 라세안! 하인스네. 근처에 있는가?]

미판테 왕국에서 여러 번 이렇게 했지만 아무런 반응도 없었다. 지금도 그러하다.

하여 어디 멀리 갔나 싶어 돌아설 때이다.

현수가 있는 곳으로부터 약 20m 전방의 공간 일부가 일그러지기 시작한다. 그와 동시에 격렬한 마나유동 현상이 빚어진다. 마나에 민감한 현수가 어찌 이것을 모르겠는가!

시선을 집중시켜 보니 작은 동산만 한 덩치가 허공에서 돌아나고 있다. 비늘 빛깔이 붉은빛을 띠고 있으니 분명한 레드 드래곤이다.

쿠웅―!

2m 높이에서 육중한 동체가 떨어지자 커다란 바위가 떨어지는 듯한 소리가 터져 나온다.

"폴리모프 인 휴먼(Polymorph in human)!"

파리릿! 파리리리릿―!

커다란 날개가 접히면서 순식간에 형상이 바뀐다. 라세안의 모습이다.

"핫핫핫! 이 친구야, 오랜만일세."

"…그래! 오랜만이야. 잘 있었지?"

현수의 대답이 약간 늦은 이유는 폴리모프 마법을 관찰했기 때문이다. 모습을 바꾸는 이 마법이 어쩌면 아주 유용하게 쓰일 수 있을 거라 생각한 것이다.

"나야! 잘 지냈지."

"그럼! 자네는?"

라세안은 아주 친근한 웃음을 지어 보인다. 이때 뒤편의 허공이 다시 일렁인다. 그리곤 두 여인을 토해놓는다.

푸르룻! 푸르르룻!

"아! 하인스 님. 오랜만입니다."

"안녕하세요? 하인스 님!"

라세안의 뒤를 따른 이들은 제니스케리안과 케이트이다.

"아! 제니스케리안 님! 그리고 케이트! 오랜만이네요."

반갑게 인사를 했는데 잠시 분위기가 뻘쭘하다. 부르지도 않았는데 제 발로 온 불청객들 때문이다.

이를 눈치챈 라세안이 먼저 입을 연다.

"그래! 왜 불렀나?"

"몇 가지 상의할 일이 있어서. 그런데 여기서 이럴 수 없으니 잠시만 기다리게. 아공간 오픈!"

아공간 속의 응접용 컨테이너를 꺼내 편평한 곳에 내려놓았다. 바닥에 두툼한 양탄자가 깔려 있어 푹신한 느낌을 주는 것이다. 이 안에는 1, 2, 3인용 소파와 탁자, 그리고 협탁 등이 비치되어 있다.

"자, 안으로 들어가세."

"응? 그, 그래!"

쇠로 만든 컨테이너는 언제 봐도 감탄이 절로 나온다. 너무도 정교한 때문이다.

라세안과 제니스케리안, 그리고 케이트는 장인 종족인 드워프도 이런 건 못 만들겠다는 생각을 하며 안으로 들어갔다.

다들 신발을 벗어야 한다는 걸 모르기에 현수는 들어설 때마다 클린마법으로 신발 밑창을 깨끗하게 해주었다.

"흐음! 좋군."

푹신한 소파에 앉은 라세안은 신기한 듯 꾹꾹 눌러본다. 그럴 때마다 기다렸다는 듯 원상으로 복구되자 재미 들린 듯 몇 번 더 그런다.

제니스케리안 역시 소파의 푹신함과 안락함에 놀란 듯 눈을 크게 뜬다.

반면 케이트는 다소곳하게 앉아 현수만 바라보고 있다.

장차 부군이 될 사람이다. 그런데 몇 번 만나지도 않아 얼굴조차 눈에 익지 않은 상태이다.

평생을 헌신적으로 봉사하며, 사랑해야 할 사람이다. 이곳은 가부장적인 경향이 강한 세상이기에 당연한 생각이다.

영혼의 주인이 될 사람이니 이번 기회에 현수의 모습을 뇌리에 각인시키려 시선을 주고 있는 것이다.

"라세안! 미판테 왕국에서도 자네를 여러 번 불렀는데 대체 어디에 있었는가?"

"나? 난 제니스와 함께 브론테 왕국에 가 있었지. 거기서

할 일이 많았거든. 근데 왜?"

"자네 딸 다프네가 실종되었네. 협곡에 머물고 있었어야 하는데 그러지 않았던 모양이야."

노예사냥꾼들이 협곡 안까지 들어가 다프네를 납치했다고 하면 어떤 일이 벌어질지 몰라 둘러댄 말이다.

"다프네가? 못 찾았나?"

"그래! 백방으로 사람들을 풀어 찾고 있는 중이지만 아직 소식이 없네."

"그래? 어딘가에 있겠지. 참, 협곡 안에 있으면 못 찾겠는 걸? 안 그래?"

라수스 협곡은 아직까지 모든 인간의 출입이 금지된 곳이다. 딱 하나, 현수만이 자유롭게 드나들 수 있을 뿐이다.

따라서 다프네가 협곡 내부에 있다면 인간을 아무리 많이 풀어놔도 못 찾는 게 당연한 일이기에 한 말이다.

현수는 고개를 저었다.

"협곡 내부엔 없네. 협곡 밖에서 실종되었기 때문이지."

"그래? 그걸 어떻게 아나?"

"마지막 흔적이 협곡 밖이거든."

"쩝—! 그놈의 계집애. 얌전히 좀 있지."

라세안은 대수롭지 않다는 표정이다. 사태의 심각성을 아직 깨닫지 못한 때문이다.

그런데 다프네는 라세안의 친딸이다. 현수는 진실을 알려 줘야 할 듯싶어 입을 열었다.

"그런데… 아, 아니네!"

"뭔데? 뭔 말을 하려다 마나? 말하게."

현수는 사실대로 이야기할 수 없었다.

다프네가 노예사냥꾼에 의해 팔려갔다는 걸 알게 되면 당장 아드리안 왕국부터 라세안에게 작살날 것이기 때문이다.

"참! 몬스터 몰이가 아직도 안 끝난 건가? 왜 아직도 브론테 왕국 쪽에 있었나?"

"몬스터 몰이는 벌써 끝났지. 제니스와 둘이서 몰아대는데 어떤 놈들이 감히 말을 안 듣겠는가? 안 그래?"

"그럼요."

제니스케리안이 크게 고개를 끄덕인다.

라세안의 말처럼 드래곤의 위협에 정면으로 대항할 몬스터는 거의 없다고 봐야 한다.

특히 공중과 육상 몬스터가 그러하다.

다만 해양 몬스터인 레비아탄이나 씨 서펀트, 그리고 크라켄만은 장담할 수 없다.

레비아탄의 경우는 덩치가 거의 드래곤만 하다.

물속에서라면 드래곤도 감당하기 어려울 만큼 민첩하고, 사나울 때가 있다.

씨 서펀트는 길이로만 따지면 드래곤보다 길다.

드래곤이 수중으로 들어갈 경우 아나콘다가 짐승들을 칭칭 감듯 그런 공격이 가능해진다.

하지만 이들 둘은 드래곤과의 직접적인 충돌을 가급적 피한다. 양패구상일 경우 자신들만 손해이기 때문이다.

드래곤은 치유마법을 알지만 이를 모르니 상처 입은 채 시름시름 앓다가 죽는다는 걸 아는 것이다.

크라켄의 경우는 예외이다.

사납고, 먹이에 대한 욕심만 강한 몬스터이다.

하늘을 나는 드래곤이 물속으로 들어가지 않아 기록이 남아 있지 않지만 백전백패함에도 불구하고 무조건 공격하는 게 크라켄이다.

어쨌거나 바세른 산맥엔 바다가 없다.

따라서 드래곤의 위협에 대항할 몬스터란 없다. 하여 모든 몬스터가 브론테 왕국 쪽으로 옮겨갔다.

라세안과 제니스가 그쪽으로 몰아간 때문이다.

"그런데 왜 거기에 있었나?"

"흑마법사들 때문이지."

"흑마법사? 하긴, 브론테 왕국은 흑마법사들의 왕국이니."

고개를 끄덕이던 현수는 뭔가 이상하다는 표정이다.

"그런데 거기서 흑마법사들이 자네에게 덤볐나?"

"덤비긴! 그깟 놈들이 어떻게 감히……. 제니스와 내가 놈들을 사냥했지."

"그래? 그런데 흑마법사들이 그렇게나 많아?"

라세안이 화염의 브레스를 뿜어냈다면 흑마법사 따위는 아무리 많이 뭉쳐 있어도 단숨에 재가 된다.

그렇게 몇 번만 하면 끝났을 일인데 제법 오래 걸린다는 생각이 스쳐 말을 이었다.

"놈들이 어디 동굴이나 던전 같은데 숨어 있어서 그래?"

"아니! 그런 놈들이 없는 건 아니지만 죽여도 죽여도 숫자가 줄지 않아서 그래."

"죽여도 숫자가 줄지 않는다니?"

흑마법사도 사람이다. 따라서 죽임을 당하면 한 구의 시체가 될 뿐이다. 그런데 숫자가 줄지 않는다니 이상하다.

이때 라세안이 말을 잇는다.

"죽이고 돌아서면 며칠 있다 그 자리에 또 그만한 수의 흑마법사가 있네. 마치 부활하는 거 같아."

"부활……? 그럼, 혹시 리치가 아닐까? 리치를 제거하려면 라이프 베슬을 깨야 하네."

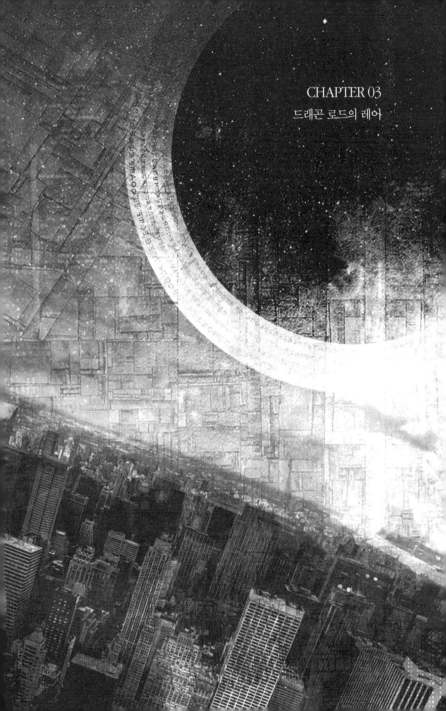

CHAPTER 03
드래곤 로드의 레어

현수는 라세안과 동행하던 중 실종된 카트린느를 찾으러 다닌 적이 있었다. 그때 공간이동 마법진을 발견했고, 그 결과 네크로맨서 리치 아무리안 델로 폰 타지로칸을 만났다.

9서클 흑마법사가 영생을 얻기 위해 스스로 언데드화 하여 리치가 되었던 존재이다.

그때의 타지로칸은 현수에게서 감지되는 막대한 양의 마나에 아주 흡족해했다. 켈레모라니의 비늘에 담긴 정제된 마나만으로도 자신이 직접 창안한 흠향의 진을 완성시킬 수 있을 것이기 때문이다.

현수를 발견한 타지로칸은 데스 브레스를 뿜어냈다.

거무스레한 안개 비슷한 것이 쇠창살에 갇힌 현수를 향해 뿜어진 것이다.

이것은 네크로맨서 마법의 정화가 담겨진 것으로 드래곤의 브레스에 버금가는 재앙을 주는 위력이 있었다.

생명이 있는 것이라면 무엇이든 데스 브레스를 만나는 순간 영혼을 잃게 된다.

육체는 상하지 않지만, 영혼은 떠나게 만드는 것이다.

그때 당했다면 현수의 육체는 타지로칸이 차지했을 것이고, 영혼은 마신에게 귀속되었을 것이다.

당시의 현수는 8서클 마법사여서 절대 열세였다.

만일 아공간 마법을 적절히 쓰지 못했다면 그대로 당했을 만큼 아주 강력했던 존재이다.

어쨌거나 현수는 타지로칸을 소멸시킨 바 있다.

그때 얻었던 많은 마법서 중엔 생명 연장에 관한 내용이 상당히 많았다. 그간 시간이 없어 자세히 살피지 못해 내용은 아직 파악하지 못한 상태이다.

"리치? 리치는 적어도 8서클 이상이야 가능하지."

"그런데?"

"놈들은 기껏해야 3~4서클이었네."

"그래……?"

라세안의 말이 사실이라면 절대 리치일 수가 없다. 그런데 부활하는 거 같다는 말이 조금 이상하다.

부활은 10서클 마법이기 때문이다.

지금껏 9서클 마스터를 넘어본 사람이 없기에 10서클 마법이라는 건 아예 없었다.

있다면 드래곤의 마법이 있을 뿐이다.

그런데 드래곤도 부활 마법을 썼다는 기록이 없다.

중간계의 조율자이니 인과율에 어긋나는 행동을 하지 않았을 것이다.

아무튼 부활 마법이 있다는 기록이 있기는 하다.

그런데 인간과 드래곤은 같은 마법이라도 발현시키는 방법이 완전히 다르다.

현수는 인간 최초로 10서클 마법사가 되었고, 드래곤의 마법 또한 알고 있다. 이를 참고하여 새롭게 강력한 마법을 창안하면 그게 10서클 마법이 되는 상황이다.

어쨌거나 10서클 마법사이지만 현수는 부활 마법은 모른다. 그런데 흑마법사들이 부활한다니 조금 이상하다.

하여 고개를 갸웃거리자 라세안의 말이 이어진다.

"없애면 또 나타나고, 또 없애도 또 나타나길 반복하는 상황이라 아예 그곳에 머물고 있었네."

"그랬군! 아무튼 수고가 많았네."

흑마법사들은 눈에 뜨이는 족족 박멸해야 할 대상이기에 현수는 크게 고개를 끄덕였다.

"참! 오빠가 한번 보재요."

제니스케리안의 말이다. 쌍둥이인지라 평생 동안 '내가 오빠다', '내가 누나다' 로 싸웠는데 옥시온케리안이 로드가 되면서 자연스레 서열이 정해졌다.

모든 드래곤의 수장인데 '내가 너보다 높다' 고는 할 수 없어 양보한 것이다. 또한 자신이 저질렀던 치욕스런 사건에 대한 면죄부를 기대한 때문이기도 하다.

지난번에 현수의 부탁을 받아 옥시온케리안을 만나러 갔을 때 제니스는 정말 오랜만에 '제니스케리안' 으로 불렸다.

가이아 여신의 신전에 술 마시고 똥을 쌌던 사건에 대한 처벌이 끝났음을 의미하는 말이었다.

이는 현수가 케이트를 아내로 맞이하게 되었다는 말을 듣고 난 직후의 일이다.

옥시온케리안은 현수와 약간의 마찰을 빚은 후 나름대로 조사를 해본 바 있다. 그 결과 현수가 10서클 마법사이며, 가이아 여신의 사위가 된다는 것을 알게 되었다.

드래곤 로드이지만 무시할 수 없는 상대가 된 것이다.

그런데 케이트는 제니스케리안의 제자이다. 둘이 결혼하면 제자의 남편이 된다.

인간 중 최강자가 동생인 제니스보다 한 항렬 아래가 되는 것이다. 그렇기에 전격적으로 이전에 지었던 죄를 사면 받은 것이다.

"로드께서 보자고 하신다면 당연히 뵈어야지요."

"말 나온 김에 지금 갈까요?"

"지금이요? 좀 이른 시각인데 괜찮겠습니까?"

"당연히 괜찮아요. 오빠는 아침잠이 없거든요."

제니스케리안이 자신만만한 표정을 지어 보인다. 이때 곁에 있던 케이트가 한마디 거든다.

"로드께선 밤잠도 별로 없으신 거 같아요."

케이트는 옥시온케리안을 여러 번 만났다. 스승의 수발을 위해 늘 동행했던 때문이다.

인간으로서 드래곤 로드를 만나는 일은 지극히 드물며, 매우 영광스런 일로 치부된다.

아르센 대륙의 역사서엔 인간과 드래곤의 만남이 여러 번 기술되어 있다. 주로 영웅들이 드래곤을 만나 도움을 얻거나, 친분을 쌓은 것으로 기록되어 있다.

하지만 드래곤 로드를 만난 인간은 그중에서도 매우 드물다. 따라서 케이트가 옥시온케리안을 만난 것은 매우 영광스런 일이라 할 수 있다.

아무튼 케이트는 드래곤의 정식 제자이다. 이는 정말 극히 드문 케이스이다.

당장은 아니지만 훗날 틀림없이 역사서에 기록될 것이다. 인간을 제자로 맞아들인 드래곤은 지금껏 없었던 때문이다.

케이트는 극도로 조심했다. 드래곤도 그냥 드래곤이 아니라 로드이기에 혹시라도 실례를 할까 두려웠던 때문이다.

그러다 드래곤 로드인 옥시온케리안이 잠을 자지 못한다는 것을 알게 되었다.

드래곤들은 수면기가 아니더라도 밤이 되면 잠깐잠깐 눈을 붙이는데 전혀 그러지 못하는 것이다.

이례적으로 어린 나이에 로드가 된 때문이다.

옥시온케리안은 막중한 책임감 때문에 날마다 고심 또 고심이다. 어쩌면 중간계의 평화가 지금처럼 유지되며, 종족 간의 다툼이 줄어들 것인지 등에 대한 생각을 하느라 여념이 없다.

가장 신경을 많이 쓰는 것은 신이 창조하신 각각의 종족이 멸종당하지 않게 보살피는 일이다. 특히 힘이 약한 짐승들에 대한 보호 방안을 강구하는 중이다.

토끼와 사슴 같은 초식동물의 수효가 나날이 줄고 있었던 때문이다. 여우나 늑대 같은 육식동물도 마찬가지이다.

인간은 물론이고 몬스터들까지 마구잡이로 사냥하거나, 잡아먹고 있었기에 조만간 멸종당할 위기에 처해 있다.

그러기 전에 이들이 편안한 상태에서 종족 번식을 이룰 수 있을 여건을 제공해야 할 듯싶다.

인간에 의한 자연 훼손도 고려 대상 중 하나이다.

땔감을 얻기 위한 벌목 정도는 눈감아줄 수 있지만 화전을 일구기 위해 숲에 불을 지르는 것은 문제이다.

불을 놓을 때마다 너무 넓은 면적이 불에 탔고, 그 과정에서 수많은 동식물이 피해를 입기 때문이다.

대륙 곳곳에서 벌어지는 일인지라 근절시킬 수도 없다. 하여 조만간 각국의 국왕 내지는 황제들을 만나야 하나 하는 생각을 품고 있다.

화전금지법이 만들어져야 한다 생각한 것이다.

다음으로 신경을 쓴 것은 혹시라도 재현될지 모를 마족의 중간계 재침범이다. 흑마법사들에 의해 마계의 문이 열리면 세상은 온통 혼란에 휩싸이게 될 것이다.

지금으로부터 약 7,000년 전, 9서클 마스터에 이른 흑마법사 하나가 마계의 문을 열었다. 열고 싶어서 연 것이 아니라 어쩌다 보니 열린 것이다.

그때 수많은 마족이 중간계로 넘어왔다.

마계의 문을 열었던 흑마법사는 이들을 이용하려다 가장 먼저 소멸당했고, 세상은 한동안 몹시 시끄러웠다.

눈에 뜨이는 거의 모든 동식물이 피해를 입은 때문이다. 마족들이 날뛰는 곳은 황무지처럼 황폐해졌다.

그들이 뿜어내는 마기 때문에 식물들은 누렇게 말라비틀어졌고, 마기를 접한 동물들은 미친 듯이 날뛰며 서로를 잡아먹었던 때문이다.

오크가 오크를 잡아먹고, 트롤이 트롤을 잡아먹는 일이 빚어졌다. 심지어 채식만 하던 사슴이 다람쥐를 잡아먹고, 토끼는 들쥐를 잡아먹었다.

먹이사슬에 일대 혼란이 빚어진 것이다.

당시 중간계를 침입한 마족의 수효는 약 20만이다.

하여 헤슬링을 제외한 모든 드래곤이 총출동하여 그들과 혈전을 벌였다. 워낙 상대의 수효가 많았기에 로드가 총동원령을 내렸던 것이다.

17년에 걸친 혈투 끝에 모든 마족을 소탕했고, 마계로 통하는 문은 단단히 봉인되었다.

이 과정에서 1,200여 드래곤이 마나의 품으로 돌아갔다.

전투 후유증 때문에 추가로 300여 개체가 시름시름 앓다가 세상과 하직했다.

마족들의 침범으로 무려 1,500여 개체가 희생된 것이다.

그날 이후 드래곤의 숫자는 꾸준히 줄어들었다. 드래곤들은 새끼 낳는 일에 별 관심이 없었던 때문이다.

현재는 헤슬링을 포함하여 약 300여 개체가 남아 있을 뿐이다. 7,000년 전과 비교했을 때 20분의 1 수준으로 줄어든 것이다.

어쨌거나 다시 한 번 마계의 문이 열리면 현재의 드래곤들만으로는 감당할 수 없다. 하여 로드들은 대를 물려주면서 특별히 흑마법사들을 잘 관찰하라는 충고를 하곤 했다.

어떤 미친놈이 또 생길지 모르기 때문이다.

통상적으로 로드직을 물려줄 때엔 약 300년에 걸친 인수인계 작업을 한다. 옥시온케리안도 300년에 걸쳐 로드직에 대한 교육을 받았다.

그러다 전대 로드로부터 흑마법사에 대한 이야기를 듣고 현재의 레어로 자리를 옮겼다.

이실리프 자치령은 본시 테리안 왕국의 영토이되 매우 낙후된 지역이었다. 몬스터가 우글거리는 바세른 산맥의 바로 아랫자락인 때문이다.

그렇기에 거주자가 거의 없는 땅이었다.

옥시온케리안은 인간의 흔적이 거의 없는 이곳을 자신의 영토로 선포하였다. 하지만 이를 테리안 왕국에 알린 것은 아니다. 그럴 이유가 없기 때문이다.

그렇기에 테리안 왕국에선 이곳이 드래곤 로드의 영토라는 걸 아직도 모른다. 그렇기에 별다른 고심 없이 이곳을 현수에게 할양했던 것이다.

어쨌거나 라세안과 제니스가 브론테 왕국에서 흑마법사들을 소탕하고 있는 이유는 로드로서 그들을 박멸하라는 명을 내린 때문이다.

라세안과 제니스는 흑마법사 이외에도 수많은 구울과 좀비, 스켈레톤들을 제거했다. 다른 나라를 상대로 전쟁을 준비하지 않았다면 그토록 많지 않았을 것이다.

덕분에 브론테 왕국과 국경을 마주하고 있는 테리안 왕국과 피판 왕국의 위험은 사전에 제거된 셈이다.

라이서 제국과 크로완 제국 연합군과 전쟁을 벌이던 카이엔 제국 역시 혜택을 입은 셈이다. 높고, 험준하기는 하지만 갈비온 산맥만 넘으면 카이엔 제국의 영토인 때문이다.

라세안과 제니스는 말 나온 김에 가자는 표정으로 현수를 바라보고 있다.

"알았어, 지금 가지!"

"잘 생각했네, 이런 일은 빨리빨리 매듭짓는 게 좋아."

라세안이 고개를 끄덕인다. 이때 제니스가 나선다.

"그럼 지금 갈까요?"

"그러지."

라세안이 고개를 끄덕이자 약간 떨어져 있던 케이트에게 눈짓을 한다. 매스 텔레포트를 할 것이니 마법이 구현되는 범위 내로 들어서라는 뜻이다.

"네! 알겠어요."

케이트는 현수의 곁으로 오며 부끄러운 듯 고개를 숙인다. 장차 부군이 될 사람이라는 생각 때문일 것이다.

"소녀가 곁에 서도 될는지요?"

"그럼! 당연하지. 이쪽으로 와."

어차피 아내로 맞이할 여인이기에 현수는 팔을 들어 어깨동무를 하자는 몸짓을 했다.

이 기회에 스킨쉽을 하겠다는 뜻이 아니라 그만큼 가까이 오라는 의미였다. 그런데 케이트는 이를 곧이곧대로 생각한 모양이다. 고개를 푹 숙인 채 어깨를 들이민다. 그리곤 다소곳이 고개를 숙이며 낯을 붉힌다.

"……!"

현수의 팔이 어깨에 얹어지는 순간 케이트의 두 볼은 더 이상 붉을 수 없을 정도로 발그레해진다. 그와 동시에 비 맞은 참새처럼 바르르 떤다. 부끄러움 때문이다.

현수는 손에서 느껴지는 부드러운 감촉과 케이트의 체취를 느끼는 순간 저도 모르게 힘을 주었다.

아르센 대륙엔 비누와 샴푸가 없다. 때를 미는 관습도 없고, 아침저녁으로 양치를 하지도 않는다.

휴지도 없으며, 비데는 더더욱 없다. 그리고 여성의 생리혈을 처리해 주는 생리대 역시 없다.

중성세제 역시 찾을 수 없는 물건이다.

그렇기에 겉보기엔 예쁘지만 가까이 다가가면 지독한 악취가 나기도 했다. 특히 정수리에서 나는 냄새는 현수로 하여금 곤혹스러움을 느끼게 했다.

샴푸가 발달된 지구에서도 정수리 냄새가 고민인 사람이 여럿인데 이곳은 어떠하겠는가!

그런데 케이트로부터는 그런 냄새가 나지 않는다. 울창한 숲 속에서 느껴지는 상쾌함만 느껴질 뿐이다.

아르센 대륙으로 온 이후 몸에서 냄새나지 않은 사람은 카이로시아가 유일했다. 엘프와의 인연 때문일 것이다.

이 밖의 다른 모든 사람으로부터 냄새가 났다.

심지어 가이아 여신의 성녀인 스테이시 아르웬에게서도 유쾌하지 못한 냄새가 난다. 로잘린도 처음엔 냄새가 났다.

그런데 예상했던 악취 대신 진한 피톤치드 냄새가 느껴진다. 하여 의아하다는 표정을 짓다 이내 고개를 끄덕인다.

그러고 보니 라세안과 제니스에게서도 냄새가 나지 않았다. 인간의 모습으로 폴리모프한 상태에서도 그러했다.

케이트의 몸에서 냄새나지 않는 이유는 아마도 제니스케리안이 모종의 조치를 취해서일 것이다.

그렇기에 고개를 끄덕인 것이다.

실제로 제니스케리안은 케이트로부터 뿜어지는 역한 냄새

가 싫어 용언마법을 구현시켰다.

냄새 제거 마법 디오도리제이션(Deodorization)과 향기 발산 마법인 이밋 프레이그런스(Emit fragrance)이다.

그 결과 악취가 사라지고, 향기를 뿜는 것이다.

"흐으음!"

현수는 저도 모르게 케이트의 체취를 깊숙이 흡입했다.

쉐리엔과 디오나니아의 꽃, 그리고 포인세에서도 향기가 뿜어지는데 그것과는 또 다른 것이다.

그러고 보니 엘프들에게서 느껴지던 숲의 향기와 유사하다. 왠지 심신이 편안해지는 느낌이다. 하여 향기를 음미하고 있는데 라세안이 피식 웃는다.

"자네에게 변태 기질이 있는지 몰랐네."

"변태? 내가……?"

현수는 대체 무슨 소리냐는 표정을 지었다.

"케이트를 보게. 조만간 자네의 아내가 될 사람이긴 하지만 조금 너무한 거 아닌가?"

"케이트를 보라고?"

시선을 돌려보니 케이트의 두 볼이 잘 익은 능금처럼 붉다. 현수가 대놓고 자신의 목덜미 냄새를 맡으니 어찌 안 그렇겠는가!

"괜찮은데 뭐. 어차피 부부 될 사이잖아."

제니스케리안의 말이다.

현수와의 대결에서 패한 후 의기소침했었다. 발톱에 낀 때만큼도 여기지 않던 인간에게 졌으니 어찌 안 그렇겠는가!

그러다 로드와의 중재 요청에 대한 대가로 제자인 케이트와 결혼하라는 조건을 걸었다.

둘의 결혼이 성사되면 자신은 장모와 대등한 위치가 되기 때문에 일평생 공대를 받을 수 있으며, 구겨진 체면이 어느 정도 회복된다는 생각을 한 때문이다.

따라서 제니스는 현수와 케이트의 혼인이 한시바삐 성사되기를 고대하는 중이다. 그런데 라세안이 현수를 변태라 몰아가자 얼른 편들어준 것이다.

"험험! 가, 갑시다."

문득 본인의 실수를 깨달은 현수가 헛기침을 토하자 제니스케리안이 빙긋 웃는다. 말을 하며 현수가 케이트를 조금 더 힘주어 안았기 때문이다.

현수 입장에선 지금 와서 손을 빼는 게 더 이상하기에 반대로 더 세게 당겨 안은 것이다.

그런데 발육이 좋아 그런지 뭉클한 느낌이 든다. 브래지어라는 게 없는 동네라 이렇다.

이때 제니스케리안의 입술이 달싹인다.

"매스 텔레포트!"

슈라라라라랑—!

용언 마법이기에 소리도 다른 듯하다. 하여 이에 신경 쓰고
있는데 금방 풍경이 바뀐다. 거대한 협곡 끝에 자연적으로 형
성된 동굴 입구에 당도한 것이다.

"하인스! 잠시만 기다리게."

말을 마친 라세안은 대답하기도 전에 성큼성큼 걸어 동굴
속으로 들어간다.

"하, 하인스 님……!"

"아! 그, 그래. 미안!"

현수는 얼른 손에서 힘을 뺐다. 케이트가 갑갑한 듯 몸짓을
하고야 거의 부둥켜안고 있다는 걸 자각한 것이다.

"아뇨, 괜찮아요."

케이트는 몹시 부끄럽다는 표정을 지으며 고개를 흔든다.

현수는 장차 부군이 될 사람이다. 그리고 이곳은 남존여비
가 지구보다도 더 심한 곳이다.

후작의 손녀로 태어났기에 심한 차별을 받지는 않았지만
성장하면 정략결혼을 하게 될 것이고, 가문을 위해 무엇이든
감당해야 한다고 생각했었다.

케이트는 가난한 포인테스 영지에 도움을 줄 수 있는 이웃
의 빌리델 백작가로 보내질 것이라 생각했다.

영지 내에 철광과 구리광이 있을 뿐만 아니라 비옥한 농토

또한 가지고 있어 상당히 풍요로운 곳이라 들었다.

이 백작가에는 아들이 셋 있는데 셋 다 여색을 몹시 밝힌다고 한다. 장남과 차남은 이미 결혼하였으며 각기 다섯씩 후처를 두고 있다.

삼남만 미혼인데 소문난 난봉꾼이다.

그래도 후작가의 손녀이니 후처로 달라고 하지는 못할 것인지라 빌리델 백작가의 삼남에게 보내질 것이라 생각했다.

이놈은 영주성 내의 모든 시녀를 섭렵하자 마을로 나가 처녀, 유부녀를 가리지 않고 마음 내키는 대로 영지의 여자들을 유린하고 다니는 중이다.

이자의 본명은 사티바 데 빌리델이지만 흔히들 '사티로스 데 빌리델'이라고 칭한다.

사티로스(Satyr)는 신화에 등장하는 존재로 상반신은 사람, 하반신은 염소의 모습을 하고 있다. 짧은 뿔이 나 있고, 몸은 빳빳한 털로 뒤덮여 있다고 한다.

사람들이 사티바를 사티로스라 부르는 이유는 둘 다 정욕 그 자체와 같은 존재인 색정광이기 때문이다.

하여 빌리델 백작의 영지에선 40세 이하인 여자들을 찾아보기 힘들다. 극도로 외출을 자제하기 때문이다.

케이트는 이렇듯 짐승 같은 놈이지만 그곳으로 보내진다면 가문을 위해 모든 것을 감내하리라 생각했다.

한 몸 희생해서라도 영지의 가난을 해결하고 팠던 것이다.

그런데 드래곤의 제자가 되었고, 어느 날 갑자기 이실리프 마탑주와 결혼을 약속하게 되었다.

백작가의 삼남에 비하면 거의 환상적인 상대이다.

그런데 몹시 버겁고 조심스러워해야 할 존재이다. 마나의 길을 걷는 모든 마법사의 수장인 때문이다.

군대로 치면 갓 임지에 배속된 하사가 어느 날 갑자기 참모총장의 여인으로 내정된 것과 같다.

실제로는 이보다 더한 상황이다.

마법사들에게 있어 로드는 단순한 상관의 의미가 아니기 때문이다. 그러니 하사가 별을 50개쯤 단 군통수권자의 아내로 내정된 것과 마찬가지이다.

이러니 같이 있는 것만으로도 살이 떨린다. 그런데 현수의 심기는 조금이라도 거스르고 싶지 않다.

평생을 공경하고, 사랑하며, 무엇이든 희생해야 하며, 의중을 따라야 하는 지고무상한 존재이기 때문이다.

그런데 현수가 이런 마음을 어찌 짐작이나 하겠는가!

"내가 너무 힘준 거지?"

"아, 아니에요. 정말 괜찮아요."

케이트는 정말 아니라는 듯 크게 고개를 젓는다.

"어쨌거나 미안해. 앞으로 주의할게."

하늘같은 로드가 사과를 한다. 케이트는 자신 때문에 이런 일이 빚어졌다는 생각에 또 한 번 고개를 젓는다.

"아니에요. 정말 아니에요. 더 세게 안으셔도 전 괜찮아요. 정말이에요."

"더 세게?"

"네? 아! 그, 그게 아니고……."

케이트는 말실수를 깨닫고는 입술을 잘근 깨문다. 그런데 그 모습이 몹시 귀여우면서도 고혹적이고, 섹시하다.

현수는 헛기침을 뱉을 수밖에 없었다.

"험, 험!"

짐짓 딴청을 부리며 주변을 살피는데 라세안이 나온다.

"마침 안에 계시네. 가지."

라세안은 한때 옥시온케리안과 차기 로드직을 경합했던 존재이다. 그래서 입김 센 고룡들을 찾아다니며 접대하던 때가 있었다. 요즘 말로 로비를 한 것이다.

그때는 상대의 단점을 지적하고, 자신의 장점을 부각시키는 발언을 서슴지 않았었다. 그리고 옥시온케리안을 지칭할 때 매번 '노랭이 그놈'이라 하였다.

그런데 지금은 '계시다'는 표현을 한다. 로드임을 인정하고 그에 합당한 자세로 임한다는 것을 엿볼 수 있는 말이다.

"그러지."

현수가 라세안의 뒤를 따르자 제니스와 케이트는 그 뒤를 따른다. 앞서가는 현수와 약간 거리가 떨어지자 제니스가 나지막하게 속삭인다.

"오늘 밤, 신방을 꾸며주랴?"

"네……?"

"어차피 결혼하기로 한 거니 이곳에서 로드더러 주례를 서라고 하면 되잖아."

"로, 로드께서 주례를요?"

생각해 보지도 않은 일이다.

중간계의 조율자를 대표하는 드래곤 로드가 결혼식에서 주례사를 읊은 일은 유사 이래 단 한 번도 없는 일이다.

그렇기에 케이트는 화들짝 놀라는 표정을 짓는다.

"내가 하라고 하면 할 거야, 안 그래?"

제니스케리안은 자신만만한 표정이다.

태어난 이후 수천 년간 다투던 서열을 양보했다. 그 대가로 소원 열 가지를 들어주기로 한 때문이다.

그 첫 번째는 제니스라는 이름 뒤에 케리안을 다시 붙이게 된 것이다. 술 마시고 한 번 실수한 것치고는 너무 과한 처벌이었던 것이고, 자존심 문제였던 때문이다.

따라서 현수와 케이트의 결혼 주례를 서라고 하면 찍소리 않고 들어줄 것이다.

말은 안 했지만 제니스는 야심을 품고 있다.

현수와 케이트가 결혼할 때 로드의 특명으로 모든 드래곤을 결혼식에 참석시키는 것이다.

똥 한 번 잘못 쌌다고 지금껏 무시당하거나 비아냥거리는 소리를 들어왔다. 그리고 500년짜리 수면기를 가져야 했다. 그런데 드래곤과 싸워도 능히 이겨낼 인간 중 최강자가 자신의 사위가 되는 것을 자랑하려는 것이다.

옥시엔케리안에게 로드직을 물려준 전대 로드는 9서클 마스터 이상인 인간과는 다투지 말라고 했다.

자칫 드래곤 체면이 구겨질 수 있음을 알기 때문이다.

그런데 현수는 10서클 마스터이다. 게다가 그랜드 마스터이기도 하기에 일대일로는 감당할 수 없다.

뿐만이 아니다.

현수의 아공간에 담긴 핵배낭이라는 것이 터지면 험산준령도 평지가 되고, 모든 생명체가 말살된다고 들었다.

터진다는 것을 알고 있어도 도주할 여유조차 없다는 그것은 그야말로 궁극의 병기라고 했다.

그런데 그런 게 얼마나 있는지 알 수 없다.

독한 마음을 품으면 이 세상 어떤 드래곤도 성치 못할 무시무시한 물건은 현수의 아공간 속에 담겨 있기에 힘으로 빼앗을 수조차 없는 것이다.

거짓말을 모르는 라세안이 한 말이니 믿어야 할 것이다.

따라서 현수로부터 존장 대접을 받는 것은 다른 드래곤들보다 우위에 서는 것이나 마찬가지이다. 라세안도 이런 이유가 있어 다프네를 아내로 맞이하라고 했던 것이다.

"그, 그건 그렇지만……."

케이트가 말꼬리를 흐리자 제니스는 그럼 되었다는 단정적인 표정을 짓는다.

"그렇다는 건 싫지는 않다는 거지? 그럼 오늘 여기서 결혼식 올리는 거다. 알았지?"

"…네에."

케이트가 부끄럽다는 듯 고개를 숙이자 제니스는 마음이 바빠졌다. 일생에 한 번뿐인 결혼식인데 아무런 준비가 되어 있지 않은 때문이다.

"얘! 너는 날 따라와."

"네? 아, 네에."

케이트와 제니스가 다른 통로로 꺾어가자 현수는 쓴웃음을 지었다. 졸지에 결혼식을 올려야 하는 상황이 된 때문이다. 아무런 준비도 없었으니 인간 세상의 그것처럼 화려하지도 않을 것이고, 격식도 복잡하지 않다.

어차피 할 것이니 약식으로 하고 나중에 한꺼번에 아내를 맞이하는 예식을 따로 올리면 된다.

문제는 처조부가 될 아르가니 에이런 판 포인테스 공작과 케이트의 부모에게 혼인을 승낙받지 못했다는 것이다.

　"그나저나 드래곤 로드의 주례라……!"

　성녀를 아내로 맞이하지만 여신이 직접 강림하여 결혼식을 주관하지 않을 것이다. 유사 이래 단 한 번도 전례가 없으니 이번에도 마찬가지일 것이다.

　그렇다면 누가 주례를 설 것인가가 문제이다.

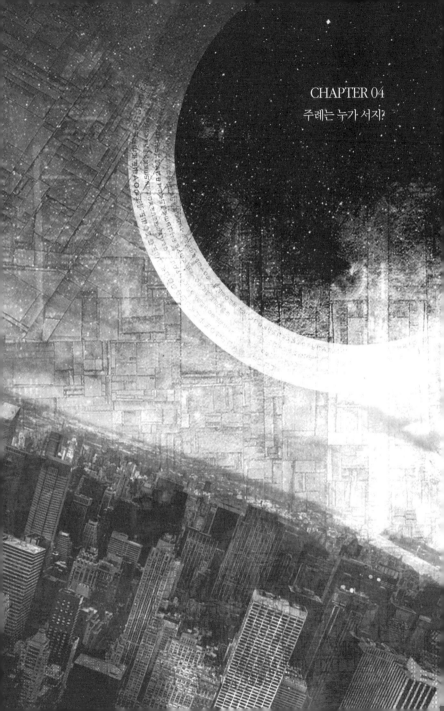

CHAPTER 04
주례는 누가 서지?

위저드 로드이니 이 세상 어떤 마법사들도 위에 설 수 없다. 그랜드마스터이니 어떤 기사도 마찬가지이다.

각국의 국왕과 황제들도 마찬가지이다. 심지어 교황도 그럴 수 없다. 성녀와 교황은 대등한 위치이기 때문이다.

그러고 보니 현수의 결혼식 주례는 드래곤 로드가 제일 적합하다. 이런저런 생각을 하며 라세안의 뒤를 따라 들어가니 제법 그럴듯한 문이 드러난다.

폭은 5m, 높이는 15m 정도 되는 커다란 문이다. 목재 문에 철판을 덧씌운 것으로 화려한 문양이 상감2)되어 있다.

그림에는 알을 깨고 나온 헤츨링이 드래곤 성체로 성장하는 과정이 생생히 묘사되어 있다.

　어린 시절엔 많은 독서를 시키는 모양이다. 그러는 한편 검을 수련하고 마법도 배운다. 성체가 되었음을 가늠하는 분수령은 브레스를 뿜어낼 능력을 갖췄는지인 듯싶다.

　상감되어 있는 그림을 살피며 따라 들어가자 화려한 의자에 앉아 있던 금발 미청년이 자리에서 일어선다.

　"아! 어서 오시게."

　"오랜만입니다, 로드!"

　현수는 정중히 예를 갖췄다. 고개 한 번 숙인다고 체면 깎일 일이 아니고, 그래서 손해 볼 일 또한 아니기 때문이다.

　"자자, 이쪽으로 앉으시게."

　옥시온케리안 역시 하대하지 않고 반공대로 응대한다. 현수가 인간 중 최강자라는 걸 인정하기 때문이다.

　옥시온케리안이 가리킨 곳엔 나무로 만든 의자가 놓여 있다. 푹신함을 전혀 느낄 수 없는 100% 목재의자인데 그야말로 장인의 손길이 알알이 배어든 예술작품 수준이다.

　조선시대 때 임금이 앉았던 용상보다도 훨씬 더 멋지다.

　'저거 자치령에 가져다 놓으면 괜찮을 것 같네.'

　의자 위에 방석을 올려놓기만 하면 아주 훌륭한 접객용 소

───────────────

2) 상감(象嵌) : 금속·도자기·나무 등의 표면에 다른 재료, 예컨대 금·은·보석·자개·뼈·뿔 등을 넣어서 문양을 만드는 장식 기법.

파가 될 듯싶다. 가장 안쪽의 큰 것은 본인 집무실 의자로 괜찮을 것 같다. 물론 푹신한 방석과 등받이가 있어야 그럴 것이다. 어찌 되었건 욕심나는 것이다.

"로드! 이것들은 푹신할 것 같지 않군요. 치질이라고 혹시 아십니까?"

"치질이요?"

모르는 눈치이다. 하긴 드래곤이 치질을 어찌 알겠는가! 하여 어리둥절한 표정을 짓자 현수가 입을 연다.

"치질은 말입니다. 이렇게 딱딱한 의자에 오래 앉아 있으면 걸리는 질병의 일종입니다. 혹시 배변할 때 선혈이 묻어나오는 경우가 있었습니까?"

"⋯⋯?"

갑자기 튀어나온 똥 이야기에 옥시온케리안은 의아하다는 표정으로 현수를 바라본다.

이때 현수의 말이 속사포처럼 이어진다.

"또는 항문의 조직 일부가 밖으로 빠져나와서 불편하거나 통증을 느끼신 적은 없습니까? 이것도 아니라면 갑자기 대변의 굵기가 가늘어진 적 없습니까?"

"그건⋯⋯!"

옥시온케리안은 현수의 말에 문득 떠오른 일이 있는 모양이다. 때는 이때이다.

"이 중 하나라도 해당이 되면 치질입니다. 지금은 괜찮더라도 치질이 심해지면 항문 주위 신체조직 중 일부가 밖으로 삐져나와 상당히 고통스럽습니다."

"……!"

항문 주위 신체 조직이 밖으로 나온다는 말이 충격적이었는지 정말 그러냐는 표정이다.

"치질은 말입니다. 이렇게 딱딱한 의자에 장시간 앉아 있으면 생기는 질병입니다."

너무도 탐나는 의자인지라 슬쩍 뻥을 친 것이지만 옥시온케리안이 어찌 알겠는가!

과거에 변의 굵기가 줄어든 것을 확인한 적이 있다. 섬유질이 풍부한 음식을 먹었을 때와 그렇지 않을 때 변의 굵기가 달라지는 것은 당연한 일이다. 그런데 그런 걸 모르니 혹시 심각해지는 건 아닌가 하는 생각 속에 잠겨 있을 뿐이다.

이런 때는 쐐기를 박아야 한다.

"이런 딱딱한 의자보다는 푹신하고 안락한 게 좋지요. 마침 제게 그런 게 있는데 이것과 바꿔드릴까요?"

현수의 말에 먼저 반응한 것을 라세안이다.

"아! 소파라는 거? 그래, 그거 좋지. 아주 푹신해!"

"로드를 만난 기념으로 제가 선심 쓰겠습니다."

라세안은 시선이 마주친 옥시온케리안에게 크게 고개를

끄덕여 보인다. 시선으로 사실 여부를 확인한 옥시온케리안
도 고개를 끄덕인다.

"…그게 좋다면야 바꾸지요. 감사합니다."

옥시온케리안의 말이 떨어지기 무섭게 현수는 아공간을
열었다. 그리곤 마음 바뀌기 전에 얼른 나무의자를 안에 넣고
가죽 소파 세트를 꺼냈다.

나무 의자는 개당 1,000만 원이 넘을 수도 있는 명품 중의
명품이다.

반면 현수가 꺼낸 것은 80만 원 정도 되는 6인용 카우치용
라텍스탑 가죽 소파이다. 오리털이 들어 있어 탄력성, 통풍
성, 항균력, 복원력이 뛰어나다고 광고하는 것이다.

그래도 겉보기엔 상당히 괜찮아 보이는 물건이다.

"감사는요. 자, 한번 앉아보십시오."

현수의 안내를 받아 소파에 앉아 스툴에 발을 올려놓았다.

옥시온케리안은 엉덩이와 등에서 느껴지는 푹신함이 마음
에 드는 듯 고개를 끄덕인다.

"좋군요."

"그렇죠? 마음에 들어 하실 것이라 생각했습니다. 흐음! 기
왕에 선심을 쓰는 것이니 한 세트를 더 드리겠습니다. 다른
분들과 회합할 때 쓰십시오. 선물입니다."

꺼내는 김에 소파와 세트로 만들어진 탁자를 꺼내 놓으니

그럴듯하다. 이 탁자는 96,000원짜리이다.

그런데 현수는 뭔가 마음에 안 든다는 듯 슬쩍 물러나며 턱을 괸다.

"아! 그거……!"

아공간에서 나온 건 샤기 스타일 러그[3]이다. 39,000원만 내면 배송비 무료로 구입할 수 있는 것 두 장이다.

소파 색상과의 조화를 고려하여 라일락 핑크색의 러그를 까니 분위기가 한결 고급스러워 보인다. 하여 현수는 흐뭇한 표정을 짓고 있었다.

같은 순간, 옥시온케리안과 라이세뮤리안은 두께 25㎜짜리 러그를 보고 감탄하는 중이다.

한결같은 굵기와 높이인지라 예사 장인이 만든 게 아니라는 느낌을 받는 중인 것이다.

"자아! 이제 분위기가 좀 사는군요. 앉으시죠."

"그, 그럴까?"

말은 이렇게 했지만 왠지 러그를 밟는 것이 저어된다는 표정이다.

"아, 참!"

현수기 꺼낸 것은 동네병원마다 있는 싸구려 체크무늬 슬리퍼이다.

---

3) 러그(Rug) : 바닥에 까는 깔개. 카펫과 유사하고 같은 용도의 카펫류(類).

"신으세요."

꺼내는 김에 열두 켤레를 꺼내자 옥시온케리안의 눈빛이 빛난다. 한 켤레에 2,500원짜리 체크무늬 슬리퍼가 마음에 든 때문이다. 하긴 이 동네엔 없는 물건이다.

"고맙네."

"고맙기는요. 제가 로드의 영역에 들어와 살게 되었으니 이 정도 인사는 당연한 일이지요."

"……!"

815,000원짜리 소파 두 세트와 96,000원짜리 탁자 하나, 39,000원짜리 러그 두 장과 2,500원짜리 실내용 슬리퍼 열두 켤레의 가격을 모두 합치면 1,834,000원이다.

현수가 챙긴 목재의자는 지구에선 하나당 최소 1,000만 원 이상을 호가할 예술품인데 열두 개나 된다.

이건 현수의 안목이 그러하다는 것이다.

지난 2012년, 지나의 경매시장에선 골동품 의자의 진위 여부로 한바탕 난리가 벌어졌었다.

옥으로 만든 한(漢)나라 시대 화장대와 등받이 없는 의자 세트가 무려 390억 원에 낙찰되었기 때문이다.

그런데 한나라는 기원전 206년에서 220년까지 존속되었던 고대국가이다. 따라서 건국원년에 제작된 의자라면 2,234년 전에 제작되었다는 뜻이다.

옥시온케리안이 보유하고 있던 의자 12개의 제작 시기는 이보다 더 오래되었다. 현재로부터 약 2,500년 전에 당대 최고의 장인이라 불리던 드워프가 10년을 공들여 만든 것이다.

따라서 지구의 경매시장에 가져가 방사성 탄소연대측정[4]을 해보면 실로 어마어마한 값에 팔릴 수 있다.

엄청나게 오랜 기간 동안 사용된 것이지만 흠 한 점 없는 완벽한 예술품인 상태이기 때문이다.

따라서 현수는 엄청나게 남는 장사를 한 셈이다.

그러고도 짐짓 선심 쓴다는 식으로 쿠션 몇 개를 꺼냈다.

이번에 꺼낸 것은 천으로 만든 것인데 파스텔 톤이라 색깔이 부드러워 보인다. 광목 원단에 옥스퍼드 플라워 원단이 접합된 부분은 토숀레이스로 마무리되어 있다.

"이것도 드리지요."

말을 하며 허리 뒤춤에 넣자 옥시온케리안과 라세안은 쿠션을 유심히 살펴본다. 하얀 레이스 부분은 너무도 깨끗하고, 정교하다. 플라워 원단의 그림들은 한 치의 어긋남도 없이 모두가 똑같다. 내심 놀라웠지만 드래곤 체면에 마냥 들여다보고 있을 수 없는지 둘 다 쿠션을 등 뒤에 넣어본다.

"흐음! 좋군. 등이 편해!"

라세안이 먼저 흡족하다는 표정을 지으며 눈빛을 보낸다.

---

4) 방사성 탄소 연대 측정법(放射性炭素年代測定法, Radiocarbon dating) : 탄소화합물 중의 탄소의 극히 일부에 포함된 방사성 동위 원소인 탄소—14(^{14}C)의 조성비를 측정하여 만들어진 연대를 추정하는 방사능 연대 측정의 한 방법.

자신의 레어에도 이런 게 있었으면 좋겠다는 뜻이다.

어찌 모르겠는가! 현수는 슬쩍 고개를 끄덕여 주었다. 딸도 주는데 소파 세트 정도야 어찌 못 주겠는가!

기분이 흡족한지 라세안의 시선이 로드에게 옮겨간다.

"로드! 이실리프 자치령에 대한 인가는 어찌 결정했습니까? 생각은 해보신 거죠?"

공식적인 자리라 생각했는지 아주 깍듯하다.

"......!"

수천 년을 살았지만 소파 세트는 처음 본다.

하여 현수 모르게 꾹꾹 눌러보며 가죽을 씌운 탁자를 살펴보던 옥시온케리안은 잠시 대답을 하지 못한다.

"방금 뭐라고……?"

"하인스 마탑주가 원하는 이실리프 자치령에 대한 인가를 어찌할 것인지를 물었습니다."

"아! 그거……. 그런데 점점 인간이 많아지면 시끄럽지 않을까요?"

로드의 시선은 현수에게 향해 있다. 어투며 눈빛 모두 완곡한 반대의사 표현이다.

그런데 현수와 로드가 대립하면 라세안과 제니스케리안은 곤란해진다. 둘이 전투를 벌일 경우 편들어줄 수 없는 상황이 되기 때문이다. 로드는 드래곤들의 수장이고, 현수는 자신들의 사위가 되기 때문이다.

"로드……!"

라세안은 전에 이야기했던 핵배낭에 관한 이야기를 언급하려 했다. 이때 현수가 먼저 끼어든다.

"로드께서 이곳을 영역으로 선포하기 이전부터 이 땅은 테리안 왕국의 영토였습니다. 저는 테리안 국왕으로부터 정당하게 이곳을 할양받았지요."

현수의 말이 이어지자 옥시온케리안은 시선만 보낸다. 더 들어보고 대꾸하겠다는 의미인 듯싶다.

상대의 반응이 이러하다면 막 나갈 수는 없다. 여지가 있는데 굳이 반목할 필요는 없기 때문이다.

"드래곤 로드이시니 영역 선포를 굳이 인간에게 통보할 필요가 없다는 것도 인정합니다."

이 대목에선 둘 다 고개를 끄덕인다. 드래곤에게 있어 인간은 하찮은 존재일 뿐이기 때문이다.

물론 현수처럼 함부로 대할 수 없는 인간도 있지만 지극히 극소수이기에 평범한 인간의 범주에 포함되지 않는다.

"이실리프 자치령을 개발하게 되면 인간들의 수효가 늘어날 겁니다. 우려하시는 대로 지금보다 더 소란스럽거나 시끄러울 수도 있겠지요."

"……!"

조용히 사색의 시간을 갖고 싶었던 옥시온케리안은 고개를 끄덕여 그게 문제라는 표현을 한다.

"그런데 인간들이 어찌 발전되어 가는지를 지켜보는 것도 즐거움이 아닐까요? 매일 소란스럽고, 날마다 시끄럽지는 않을 테니까요."

"발전……?"

"아시는지 모르겠습니다만 저는 아르센 대륙 남쪽에 위치한 어스 대륙에서 왔습니다."

"어스… 대륙이라고요?"

옥시온케리안이 금시초문이라는 듯 라세안에게 시선을 준다. 너는 알고 있느냐는 뜻일 게다.

"네! 미판테 왕국 남단에서 배를 타고 엄청나게 멀리가면 또 다른 대륙이 있다고 합니다. 미지의 대륙인가 봅니다."

"흐음! 미지의 대륙이라……!"

중간계의 모든 것을 알고 있다고 생각하는 로드이기에 고개를 갸웃거린다. 아르센 대륙의 남쪽엔 파이렛 군도가 있다.

그리고 그로부터 훨씬 더 남쪽으로 내려가면 버려진 대륙 또는 마물의 대륙이라 불리는 콰트로 대륙이 있다.

크기는 아르센 대륙에 버금가지만 마물들에게 완전히 접수되어 버린 대륙이다. 이곳의 마물은 오크나 트롤, 오우거 같은 몬스터가 아니다.

아득히 오래전, 인간들의 탐사에 의해 발견된 이 대륙으로 상당히 많은 사람이 이주했었다.

지금으로부터 약 5,000년쯤 전의 일이다.

당시 소드마스터 3명과 소드익스퍼트 최상급 12명, 상급 94명, 중급 321명, 초급 1,218명과 병사 20만 5천 명이 배를 타고 그곳으로 향했다.

이 밖에 마법병단도 동행했다.

기록에 의하면 8서클 1명, 7서클 2명, 6서클 15명, 5서클 88명, 4서클 321명, 3서클 668명, 2서클 1,879명이다.

물론 이들 이외에 시중들어 주는 시녀와 시종, 그리고 하인과 노예들이 다수 동행했다.

거대한 화산폭발로 자신들의 영토를 떠날 수밖에 없던 지금은 없어진 엘라딘 왕국의 병력 전부였다.

쏟아져 내려오는 화산재와 용암을 피해 수천 척의 배에 나눠 탄 이들은 긴 항해 끝에 더위가 시작되는 여름에 콰트로 대륙에 당도했다.

가장 먼저 이들을 반긴 것은 '데빌 모스키토'라 불리는 모기 떼였다.

몬스터들의 두꺼운 가죽마저 뚫고 피를 빠는 이놈들에게 물린 사람들은 알 수 없는 질병으로 앓다가 죽었다.

지구로 치면 말라리아에 감염된 결과이다.

다음으로 이들을 반긴 것은 아르센 대륙에선 찾아보기 힘든 마물이다. 워낙 강력하고, 난폭한데다 은밀하기까지 하여 수없는 기사와 병사들이 놈들의 먹이가 되었다.

그 결과 최초의 상륙 이후 불과 1년을 넘기지 못하고 모두가 전멸했다. 30만에 가까운 인간이 목숨을 잃은 것이다.

개척단이 떠나고 딱 1년 후에 출발한 후속대는 엘라딘 왕국민들이다. 개척단이 살 만한 여건을 갖추는 동안 식량 및 건축 자재, 농기구 등을 챙겨오기로 했었다.

이들이 콰트로 대륙에 당도하여 처음 본 장면은 허연 백골들이 즐비한 해변이었다.

그 수를 헤아릴 수 없을 만큼 많았다.

기사들의 찌그러진 갑옷이 여기저기 널려 있고, 창과 방패, 검, 화살 등이 여기저기 박혀 있다.

엄청난 혈투가 벌어진 듯하다.

해변 안쪽을 보니 숲이 황폐했다. 마법사들의 화염계 마법이 난사된 흔적이다.

살아 있는 사람은 아무도 없었기에 왕국민 중 일부가 먼저 상륙했다. 그때 배에 남아 있던 사람들은 보았다. 은신해 있던 마물들에 의해 모두가 잡아먹히는 처참한 광경을!

인력으로는 도저히 상대할 수 없는 놈들이었다. 아르센 대륙의 강자 중 하나인 오우거라 할지라도 놈들에겐 힘없는 먹이일 뿐일 정도로 무시무시한 놈들이었다.

후속대는 황급히 배를 빼고 다른 상륙지점을 찾았다.

그런데 해변에 상륙할 때마다 마물들의 공격이 있어 상당수가 목숨을 잃었다. 마물들이 우글거리는 대륙인 듯싶었다.

하지만 아르센 대륙으로 돌아갈 수는 없다. 너무 멀고, 가는 동안 식량이 떨어져 굶어죽을 것이기 때문이다.

그러다 모든 식량이 소모되었다. 굶어죽지 않으려면 상륙해서 기반을 잡아야 하는 상황이었다.

또 다른 상륙지점을 찾았고, 그때마다 많은 인원이 희생되었다. 그러던 어느 날 안전해 보이는 해변에 당도했다.

모두가 무기를 꼬나들고 조심스레 전진했다. 다행히 마물들은 보이지 않았다.

희망이 보이자 사람들은 힘을 합쳐 농토를 조성하고 마을을 만들었다. 마물들을 대비하여 견고한 목책도 둘러쳤다.

이때의 인원이 겨우 10만이다.

올 때는 80만이나 왔는데 70만 명이나 줄어든 것이다.

새로운 상륙지를 찾을 때마다 너무 많은 사람이 죽어 축차 소모된 결과이다.

새롭게 터를 잡은 곳은 한 번도 농사짓지 않은 땅인지라 너무도 비옥하여 농작물들은 하루가 다르게 성장했다.

이제는 살았다 싶었던 어느 날 마물들의 습격이 시작되었

다. 견고하다 생각했던 목책은 베헤모스5)만 한 마물의 공격
에 힘없이 무너졌고, 그 위로 엄청난 수의 마물이 난입했다.

그 결과 단 17명만이 살아남았다.

마수들의 공격이 있을 때 바다에서 고기를 잡느라 배를 타
고 있어서 안전했던 것이다.

가족, 친지, 동료들이 마물들의 입속으로 사라지는 것을 지
켜보던 이들의 눈에서는 피눈물이 흘렀다.

그리곤 배를 몰아 천신만고 끝에 아르센 대륙으로 되돌아
왔다. 이들의 입을 통해 미지의 땅 콰트로 대륙의 존재가 알
려진 것이다.

당시, 흥미를 느낀 드래곤들이 이곳을 돌아보았다.

그 결과 수많은 몬스터와 마물들이 득실거리는 땅이라는
것을 확인할 수 있었다. 인간은 존재하지 않았다.

드래곤이 주신으로부터 중간계 조율을 명받을 때 마물들
에 관한 관리는 임무에 포함되어 있지 않았다.

따라서 콰트로 대륙은 관심을 꺼도 된다.

마계의 돌연변이 같은 것들이 사는 곳이니 마계를 관장하
는 마왕 또는 마신이 관리할 것이기 때문이다.

그래서 드래곤들에게 있어 콰트로 대륙은 마계의 존재들
이 유희를 즐기는 곳이라 여겨지고 있다.

---

5) 베헤모스(Behemoth) : 구약성서에 등장하는 거대한 수륙양서 괴수의 이름.

당연히 드래곤들의 관심 밖인 지역이 되었다.

콰트로 대륙엔 육상용 괴수만 있을 뿐 넓디넓은 해양을 헤엄쳐 올 마수 종류는 없다. 따라서 아르센 대륙으로 이동하여 혼란을 일으킬 방법이 없으니 관심을 끈 것이다.

아무튼 아르센 대륙 남쪽에 콰트로 대륙이라는 마계의 땅이 있다는 것은 안다. 그런데 생전 들어보지 못한 어스 대륙에서 왔다고 하자 옥시온케리안은 고개를 갸웃거린다.

이때 라세안이 한마디 거든다.

"하인스에게 이야길 들어보니 어스 대륙은 콰트로 대륙과는 다른 곳인 모양입니다, 로드!"

현수에게 시선을 돌린 옥시온케리안이 사실이냐는 표정을 지어 보인다. 이쯤 되면 또 한 번 뻥을 쳐야 한다.

"네! 맞습니다. 어스 대륙은 아르센 대륙으로부터 엄청나게 먼 거리에 있지요. 그곳엔 현재 약 60억 명의 인구가 살고 있습니다. 약 230개 국이 있는데 저는 코리아 제국이라는 곳의 백작입니다."

"인구가 60억……!"

옥시온케리안의 입이 딱 벌어진다. 아르센 대륙 전체 인구보다도 10배 이상 많으니 놀라지 않을 수 없는 것이다.

"네! 60억 맞습니다. 그리고 제 영지는 셰울이라 하는데 영지민의 수효는 약 1,000만 명이지요."

"……!"

영지민 수가 무려 1천만이라는 말에 옥시온케리안은 크게 놀란 듯하다. 아르센 대륙에서는 한 나라의 전체 인구인 곳도 많기 때문이다.

기다렸다는 듯 라세안이 또 한 번 거든다.

"영지군의 수가 무려 60만이라더군."

"뭐어? 영지군이 60만이라고? 허어……!"

점입가경이라는 듯 입을 딱 벌리는 옥시온케리안이다.

한 나라 전체의 군사력과 대등하거나 그 이상이기 때문이다. 이때 현수가 생각났다는 듯 입을 연다.

"참! 어스 대륙이 콰트로 대륙과 다른 건 마물이라는 것이 없다는 겁니다."

"맞아……! 그리고 보니 거긴 드래곤도 없대."

"……!"

미지의 대륙이니 그곳의 드래곤은 아르센을 관장하는 자신의 관할하에 놓여 있지 않다.

그런데 그곳에 드래곤 없다는 말이 이상하게 들린다.

"근데 드래곤이 없다는 말이 대체 무슨 소리인가? 대륙이라면 그곳을 관장하는 존재들이 있었을 텐데."

사실이다. 나중에 알게 된 것이지만 주신은 대륙별로 드래곤을 파견했다. 대륙과 대륙 사이의 거리가 너무 멀어 날갯짓으로는 갈 수 없기 때문이다.

콰트로 대륙만 해도 배를 타고 몇 달은 가야 할 정도로 먼 곳에 있다. 제아무리 지구력이 뛰어난 드래곤이라 할지라도 날아서 갈 수 있는 거리는 아니다.

이전에 그곳을 확인할 때엔 배를 타고 갔다. 상륙하지 않고 하늘 위에서 살펴보기만 했기에 좌표 확인이 안 된다.

텔레포트나 워프마법을 쓸 수도 없으므로 왕래가 없는 게 당연한 일이다.

그런데 드래곤 로드들에겐 세상에 알려져선 절대 안 되는 비밀 하나가 전해진다. 콰트로 대륙에 있던 모든 드래곤이 마물들에 의해 멸종당했다는 것이다.

그런데 어스 대륙에서도 그러하다 하는데 뭔가 이상하다.

드래곤에 필적할 능력을 가진 마물이 존재하지 않은 곳이라 한 때문이다. 하여 재차 묻는다.

"주신께서는 대륙마다 드래곤은 배치하셨는데 왜 없다는 거지요?"

"저어, 어떻게 받아들이실지 모르겠지만 어스 대륙의 드래곤들은 오래전에 멸종당했습니다."

"멸종이라니요……?"

다른 종족이 멸종당하는 것은 많이 보았다.

그런데 최상위 포식자 위치에 있는 드래곤이 어찌 마물도 없는데 멸종당한다는 말인가?

"아주 오래전 어스 대륙에 빙하기가 도래했었습니다. 거대한 화산이 폭발하면서 솟아오른 화산재가 오랫동안 햇볕을 가린 때문이지요. 이걸 보시면 빙하기는……."

말을 하며 자연스레 노트북을 꺼내서 보여주었다. 디스커버리 채널에서 방영되었던 빙하기의 발생에 관한 영상이다.

7만 3천 년 전, 수마트라 섬 토바화산의 폭발로 솟아오른 엄청난 양의 화산재가 태양을 가렸다.

이 때문에 기온이 떨어져 1,800년간 빙하기가 도래했다는 주장을 영상으로 만든 것이다.

또 다른 영상은 소행성이 지구와 충돌한 여파로 빙하기가 도래하여 공룡이 멸종당했다는 의견을 제시하는 것이었다.

심각한 표정으로 두 개의 영상을 지켜본 옥시온케리안이 묻는다.

"이렇다 하더라도 드래곤들이 완전히 멸종했다는 것은 믿어지지 않습니다."

"믿으셔야 합니다. 현재의 어스 대륙엔 단언컨대 드래곤이 존재치 않습니다."

현수의 말에 라세안이 끼어든다.

"참! 자네 아공간에 드래곤 사체가 있지 않은가? 그걸 꺼내서 보여드리게."

"뭐라? 아공간에 드래곤의 사체가 있어요?"

옥시온케리안이 몹시 놀란 표정을 짓자 라세안이 얼른 말을 잇는다.

"로드! 어스 대륙의 드래곤은 우리와 조금 다른 것 같더군요. 아! 뭐하나? 친구! 어서 꺼내보시게."

"아, 알겠네. 근데 이곳은 조금 좁으니 저쪽에 꺼내놓겠네. 괜찮지요?"

말을 마친 현수는 약간 떨어진 곳으로 이동하여 아공간 속에 담겨 있는 모켈레 무벰베의 사체를 꺼내놓았다.

콩고민주공화국에서 난동 부릴 때 잡은 녀석이다.

이놈을 제압할 때 여러 번 블리자드 마법을 구현시켰다.

그때의 냉기가 아직도 남아 있는지 주변 공기가 급속히 식는다.

"이건……!"

머리에서 꼬리까지 길이가 15m가 약간 넘는 용각아목공룡의 사체를 본 옥시온케리안은 잠시 하던 말을 끊고 면밀히 살핀다. 이때 라세안의 부연 설명이 이어졌다.

"원래는 10서클 마법을 썼다고 하는데 마나의 품으로 돌아간 지 너무 오래되어 남은 마나가 없더군요."

"흐음! 그런 것 같습니다."

옥시온케리안이 고개를 끄덕이곤 다시 말을 잇는다.

"크기를 보니 헤츨링인가 봅니다. 그런데 헤츨링이 10서클 마법을 썼다는 겁니까?"

이번 질문은 현수에게 향한 것이다.

"그건 제가 직접 목격한 게 아니라 뭐라 말씀드릴 수 없습니다. 전승되어 오는 고대로부터의 문헌을 보면 10서클에 해당하는 마법을 사용한 것으로 기록되어 있습니다."

"그래요?"

옥시온케리안은 시선을 돌리지 않고 대꾸를 한 뒤 모켈레무벰베의 사체를 보다 자세히 들여다보기 시작한다.

이때 현수의 설명이 이어졌다.

"참고로, 이 사체는 저의 조상으로부터 대대로 물려오는 것입니다."

"조상이 드래곤의 사체를 물려줘요?"

뭔가 이상하다는 표정이다.

"네! 제가 알기로 이 사체는 어스 대륙의 최후의 드래곤입니다. 저의 조상님들께선 그를 10서클 리절렉션 마법으로 부활시키기를 원하셨습니다."

"아! 부활 마법……. 그런데 마나가 하나도 남아 있지 않아 조금 어려울 듯하군요. 모두 발산된 모양입니다."

심장 부위에 존재할 드래곤 하트가 전혀 느껴지지 않기에 한 말이다.

"네, 저도 그렇게 생각합니다."

현수는 잠시 말을 끊었다. 뭐라 둘러대야 할지 시간을 벌기 위함이다. 같은 시각, 옥시온케리안은 더욱 면밀한 시선으로 모켈레 무벰베의 사체를 살핀다.

만져보기도 하고 꾹꾹 눌러보기도 한다.

그런데 겉의 형상이 조금 이상하다. 날개가 없기 때문이다. 하여 고개를 갸웃거린다.

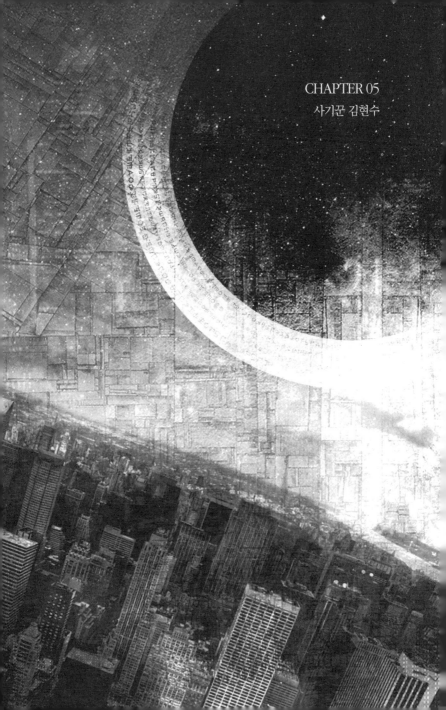

CHAPTER 05
사기꾼 김현수

'흐음, 헤츨링이라 덜 자라서 그러나?'

생각해 보니 그런 듯싶자 슬쩍 고개를 끄덕인다.

"흐음! 이건 연구할 가치가 있는 사체군요. 다른 대륙의 드래곤이라……. 멸종당한 콰트로 대륙의 드래곤들도 이와 같다면……. 마물들에게 당한 것도 이해가 됩니다."

아르센 대륙의 드래곤들은 헤츨링이라 할지라도 이보다 훨씬 크다. 모켈레 무벰베는 알에서 깨어나 불과 10년도 안 된 아주 어린 헤츨링과 같은 크기이다.

유아기나 다름없어 아직 날개가 형성되지 않은 시기인 듯

했다. 날개 없는 드래곤은 없기 때문이다.

"……!"

현수는 아무런 대꾸도 하지 않았다. 뭐라 장단을 맞춰줘야 할지 난감해서이다.

"하인스 마탑주님! 이 사체를 우리에게 줄 수 있겠습니까? 연구 가치가 상당할 듯싶습니다."

"네? 그, 그건……?"

사실 처치 곤란한 공룡의 사체이다. 딱 하나 용도를 찾아본다면 자연사박물관에 전시하는 것이다.

그러려면 대단히 큰 냉동실이 필요하다. 속까지 꽁꽁 얼리지 않으면 금방 부패할 것이기 때문이다.

아무튼 현수는 난감한 표정을 지었다.

"그건 조금 곤란합니다. 조금 전에 말씀드렸듯 저의 가문 가주들에게 조상 대대로 내려오는 건데 어찌……."

현수가 내주지 않으려는 듯한 뉘앙스를 풍기자 옥시온케리안이 말을 끊는다.

"대신 아르셴 대륙의 드래곤 사체를 드리지요."

"네……?"

"뭐라고요?"

현수와 라세안 둘 다 화들짝 놀라는 표정을 지었다. 전혀 예상치 못한 제안이기 때문이다.

옥시온케리안은 라세안에게 시선을 돌린다.

"자네는 알지? 실버 일족의 쿠리마드리안 님!"

이름을 들은 라세안의 입이 지체없이 열린다.

"설마, 300년 전에 작고하신 쿠리마드리안 알로세 퀘이로사 이헨우실파이네이젠 님을 말하는 겁니까? 로드!"

"그러네! 그분께서 마나의 품으로 돌아가시면서 존체를 기증하셨지. 우리 드래곤들을 위해 연구할 것이 있으면 자신의 몸으로 연구를 해보라고 하셨네."

"아! 그러셨구나. 어쩐지……!"

실버드래곤 중 최고령자인 쿠리마드리안은 마나의 품으로 돌아갈 때가 되자 로드가 된 옥시온케리안을 찾아왔다.

그리곤 어차피 흩어질 몸이니 죽은 뒤 연구용으로 쓰라며 사체 기증을 제안했다.

얼마 지나지 않아 쿠리마드리안은 마나의 품으로 돌아갔고, 옥시온케리안은 유언에 따라 연구를 시작했다.

드래곤의 사체에서 마나가 모두 빠져나가면 그때부터는 썩기 시작하므로 대단위 결계를 치고 내부에 보존마법을 걸어두었다. 그리곤 시간 날 때마다 그 안으로 들어가 연구를 거듭했다.

홀로 연구한 것이 아니라 실버, 블랙, 블루, 화이트, 레드 일족에서 각기 하나씩 대표를 보내 합동 연구를 했다.

레드 일족의 대표라 할 수 있는 라이세뮤리안이 빠진 것은 본인이 고사한 때문이다.

어쨌거나 인간에 비하면 지겹도록 오래 사는 것이 드래곤이지만 드래곤 역시 무병장수를 원한다. 하여 생명 연장에 대한 실마리를 잡으려 했던 것이다.

지구처럼 유전자나 줄기세포, 그리고 항산화와 면역에 관한 연구를 할 수 있었다면 소기의 성과를 얻을 수 있었을지도 모른다.

드래곤은 탐구를 좋아하는 생명체이기 때문이다. 하지만 아르센 대륙에 이런 것이 전혀 발전되어 있지 않다.

옥시온케리안 등은 지난 삼백 년간 쿠리마드리안의 사체를 연구했으나 별다른 성과를 얻지 못했다.

지구에서라면 사체를 해부하여 내부를 살폈을 것이나 그러지 않았다. 이는 존경받았던 고룡에 대한 예의 때문이다.

어찌 되었든 쿠리마드리안의 사체로부터 얻을 것은 더 이상 없다. 강력한 결계와 보존마법 덕분에 드래곤 하트도 거의 원상태대로 있지만 이걸 이용한 다른 마법에 대한 연구 등을 하지 않기 때문이다.

판타지 소설을 보면 흔히 탐구심 강한 드래곤이 차원이동에 관한 연구를 하는 것이 묘사된다.

그때 자신의 드래곤 하트 속 마나를 쥐어짜거나 다른 드래곤의 그것을 이용한다는 설정이 많다.

그런데 이곳 드래곤들은 그런 연구를 하지 않는다.

주신으로부터 부여받은 중간계 조율이란 임무를 더 중시하기 때문이다.

어쨌거나 이런 연유로 쿠리마드리안의 사체는 드래곤 하트가 멀쩡하게 잘 있지만 더 이상의 효용가치가 없다.

하여 조만간 결계를 해제하고 보존마법 또한 캔슬시켜 자연스레 마나가 흩어지게 할 생각이었다.

그런데 다른 대륙의 드래곤 사체를 접하게 되자 호기심이 돋는다. 하여 이를 차지하기 위해 쿠리마드리안의 사체와 일대일 물물교환을 제안한 것이다.

"어쩌겠습니까? 보아하니 리절렉션 마법을 창안해도 되살릴 수는 없을 것 같습니다만."

현수는 드래곤의 사체를 접한 바 있다. 라수스 협곡 내부 호수 속 동굴에 있던 켈레모라니이다.

아리아니가 있었기에 가까이 다가가기는 했지만 연구를 하는 등의 일은 할 수 없었다. 그런데 완전한 사체 한 구가 생길 모양이다.

내심은 몹시 기대되고, 흥분되었지만 겉으로 드러내지는 않는다. 조상 대대로 물려온 것을 내주고 다른 것을 받는 모양새가 되기 때문이다.

"…알겠습니다. 로드의 뜻에 따르지요."

"그럼, 아공간 오픈! 입고!"

지구의 괴생명체 모켈레 무벰베의 사체는 옥시온케리안의 아공간 속으로 사라졌다.

"저를 따라오시지요."

잠시 후 현수의 아공간으로 대단위 결계 속에 얌전히 보존되고 있던 쿠리마드리안의 사체가 들어갔다.

[주, 주인님!]

화들짝 놀란 아리아니가 아공간으로부터 튀어나온다. 느닷없이 들어온 드래곤의 사체에 놀란 것이다.

[나중에 설명해 줄게 들어가 있어. 드래곤 로드와 이야기 나누는 중이니.]

현수와 아리아니는 마나를 이용한 무성전음으로 대화를 나누었다. 이때 옥시온케리안 또한 이 대화에 끼어든다.

[아리아니라면 켈레모라니 라수스 에이페 컨페드리안 브리에텐토가리니안 님의 시녀가 아닌가?]

[네! 로드, 아리아니가 드래곤 로드께 문안을 여쭙습니다.]

[어찌 된 영문이지?]

[여기 계신 하인스님이 저의 새 주인님이세요. 켈레모라니 님의 뜻에 따라 마나의 비늘을 드렸거든요.]

"뭐라? 마나의 비늘을?"

옥시온케리안이 놀란 표정으로 목소리를 낸다.

켈레모라니는 최상의 정갈함을 추구한 드래곤으로 유명하다. 거의 결벽증 환자 수준이었다.

신체 상태는 항상 최상이 되도록 했고, 신체는 물론이고 주변 환경까지 극도의 청결과 정리정돈이 유지되도록 했다.

말년에 이르자 딱 하나밖에 없는 자신의 역린에 1,000년간이나 순수 정제시킨 마나를 담기도록 했다.

그리곤 다른 드래곤들에게 자신의 사후 가장 마음에 드는 존재에게 그것을 선물할 것이니 그런 줄 알라고 했다. 이를 받은 자는 비록 혈연이 아니더라도 자신의 후계자라 여기라는 뜻도 전했다.

따라서 켈레모라니의 역린을 지닌 자는 드래곤과 맹약을 맺은 존재가 된다. 죽이고 싶어도 죽여선 안 되는 존재가 되는 것이다.

마법사가 후계자가 되면 순수 정제된 마나의 증폭된 힘을 얻어 무지막지한 위력을 내는 마법을 구현시킬 것이다.

검사가 비늘을 얻으면 마나의 힘으로 강력한 힘을 갖게 되므로 누구보다도 성취가 빨라질 것이다. 드래곤이라 할지라도 쉽사리 제거하기 힘든 상태가 되는 것이다.

어쨌거나 드래곤들은 누가 켈레모라니의 후계자가 되는지 궁금했다. 그런데 오랜 세월이 지나도록 아무런 반응이 없기에 잊고 있었다.

"비늘이 있다면 금방 알 수 있었을 텐데 어떻게……?"

"제가 드러내는 걸 별로 내켜하지 않습니다."

마법으로 마나의 존재감과 발산을 억제하고 있다는 뜻이다. 10서클 마법사이니 충분히 가능한 일이다.

"아! 그렇군요. 반갑습니다. 켈레모라니 님의 유전을 이었는지는 몰랐습니다."

옥시온케리안의 눈빛은 조금 전과 약간 달라져 있다. 많이 부드러워진 것이다.

"아! 네에. 어쩌다 보니 그렇게 되었습니다. 미리 말씀 못 드려서 죄송합니다."

현수가 정중히 예를 갖추자 옥시온케리안 역시 마주 예를 취한다. 고룡 켈레모라니의 유전을 이었으니 더더욱 함부로 대할 수 없기 때문이다.

"그분의 존체는 어떠합니까?"

"보존마법 덕분에 아직은 괜찮습니다만 조금씩 흩어지고 있습니다. 그게 그분의 뜻인 듯싶어 존체엔 손을 대지 않았습니다."

"아! 그랬군요."

고개를 끄덕인 옥시온케리안이 아리아니에게 시선을 돌린다. 중간계에서도 굉장히 특이한 존재이다. 숲의 요정은 딱 하나뿐인 것이다.

"하인스님을 잘 모시거라."

"네, 로드!"

아리아니가 앙증맞은 모습으로 예를 갖춘다. 잠시 이 모습을 지켜보던 옥시온케리안이 아공간 속에서 뭔가를 꺼내 든다.

수정구와 비슷한데 그보다 약간 큰 반투명한 물질이다.

"네게 드래곤 로드로서 가호를 내린다. ⏣⏦ ⏢⏥⏤⏤ ⏢⏤⏥⏦ ⏦⏥⏤⏧
⏥⏦⏤⏣⏦ ⏢⏣ ⏤⏥⏤⏦ ⏤⏦!"

앞의 말을 알아들었지만 뒷말은 전혀 알 수가 없었다.

전능의 팔찌에 부여된 특수기능 중 하나인 통역마법으로도 해석이 안 되는 말이다. 짐작컨대 용언일 것이다.

인간과 드래곤은 종족 자체가 다르다. 따라서 인간의 언어를 통역해 주는 기능으론 번역이 불가능한 모양이다.

현수는 무슨 뜻이냐고 묻지 않았다. 그럴 분위기가 아닌 때문이다. 그러는 동안 로드의 말이 이어지고 있었다.

"이제 너는 주신께서 내게 주신 권능으로 육신을 가질 수 있게 되었느니라. 충심으로 하인스 마탑주를 보필할 것이며 불편함이 없도록 애를 쓰도록 하라."

"네! 로드. 은혜에 감사드립니다."

아리아니가 고개를 숙이며 예를 갖추자 옥시온케리안이 현수에게 시선을 준다.

"앞으론 아리아니가 마탑주를 더 잘 모실 겁니다."

"아! 네에. 감사합니다."

아리아니가 육신을 얻었다는 게 무슨 뜻인지 알 수 없다. 여전히 신장 30㎝짜리 날개 달린 팅커벨인 때문이다.

그럼에도 고개 숙여 감사의 뜻을 표했다. 손해 볼 일은 아닐 것이기 때문이다. 이때 로드의 뇌리로 뭔가 스치는 상념이 있다는 듯 묻는다.

"그런데 어스 대륙엔 진짜 몬스터나 마수들이 없습니까?"

"네! 없습니다."

"어떻게 그럴 수 있는 거죠? 병력을 파견하여 모조리 소탕한 겁니까? 흐음, 그래도 완전한 박멸은 힘들 텐데."

몬스터와 마수의 공통점은 사납고, 포악하며, 괴력을 지녔을 뿐만 아니라 행동이 몹시 은밀하다.

위험에 처하면 본능적으로 피할 줄 알며, 상대가 약해지면 그 즉시 반격하는 과감성도 가졌다.

따라서 아무리 많은 기사와 병사를 파견해도 몬스터와 마수들을 완전히 박멸시키는 것은 지난한 일이다.

특히 베헤모스 같은 마수는 병력수가 많다 하여 처리할 수 있는 수준이 아니다. 덩치의 차이도 어마어마하지만 도검으로 상처를 입힐 수 없는 존재이기 때문이다.

하여 의아하다는 표정으로 현수를 바라본다. 어찌 대답해

주지 않을 수 있겠는가!

"그건 저희 선조들께서 나약한 인간으로부터 탈피하기 위해 무기라는 것을 만들어낸 결과입니다."

"나약한 인간을 탈피하는 무기요?"

"네! 그게 있어 흉포한 모든 짐승이나 몬스터 등을 제압할 수 있었습니다. 그런데 그건 이곳 아르센 대륙에서 사용하는 것과는 궤가 다른 것이지요."

"궤를 달리하는 무기라구요?"

뭐가 어떻게 다른지 설명해 달라는 표정이다. 그런데 그걸 어찌 말로만 설명할 수 있겠는가!

"제 고향엔 백문이 불여일견이라는 말이 있습니다. 열 번 듣는 것보다 한 번 보는 것이 더 확실하다는 뜻이지요. 로드! 여기·이걸 한번 보시겠습니까?"

현수가 저장해 두었던 폴더에서 재생시킨 영상은 커다란 항공기가 이륙하는 장면이다.

구 소련 시절 안토노프에서 제작한 An—225는 세계에서 가장 큰 항공기로 폭 88.4m, 길이 84m, 높이는 18.1m짜리이다.

덩치가 큰 만큼 이륙하려면 최소 3.5㎞짜리 활주로가 필요하다. 무려 250톤에 달하는 화물을 실은 이놈이 활주로를 박차고 떠오르는 장면은 매우 인상적이었다.

옥시온케리안과 라세안은 날갯짓을 하지 않았음에도 날아

오르는 모습이 이상했는지 많은 걸 묻는다.

하여 비행기의 이륙 원리에 대한 설명이 잠깐 이어졌다.

특히 양력(揚力)에 대한 과학적 설명이 이어지자 몹시 놀란 표정이다. 그런 걸 어찌 수치화할 수 있으며, 그걸 어떻게 정교하게 적용했는지에 대한 문답이 오갔다.

현수는 수학과 출신답게 논리적이면서도 간단명료한 설명으로 둘을 납득시켰다.

다음으로 보여준 것은 전투기 동영상으로 대한민국 공군의 주력전투기 F—15K Slam Eagle에 관한 것이다.

제원을 보면 항속거리가 5,700㎞이고, 최고 속력은 마하 2.5이다. 그런데 속력을 잘 이해하지 못한다.

음속(340㎧, 1,224km/h)이라는 개념이 없기 때문이다. 하여 아르센식으로 환산하여 설명해 주었다.

다음은 공대공 미사일에 관한 동영상이다.

둘은 쏜살보다도 빠른 속도로 쏘아져 나가 목표물을 산산조각 내는 장면을 눈여겨본다.

내친김에 러시아의 S—19 대륙간탄도미사일(ICBM)에 관한 것도 보여주었다. 사정거리가 무려 18,000㎞나 되며, 발사 중량은 200톤인 것이다.

동영상이 재생되는 동안 수많은 질문을 해댔고 현수는 그때마다 친절한 설명으로 둘을 납득시켰다.

옥시온케리안은 물론이고 라세안도 크게 놀란다.

너무도 생생한 동영상인지라 조작된 가짜라는 건 상상도 못하기 때문이다.

그러다 문득 생각났다는 듯 라세안이 화제를 돌린다.

"그나저나 자네가 전에 말했던 핵배낭 말이네."

지금껏 신경이 많이 쓰였던 모양이다.

"아! 핵배낭? 그게 궁금했나? 그건 이걸 보면……."

현수는 핵배낭의 폭발력과 히로시마에 떨어진 15kt짜리 핵폭탄 리틀보이의 위력을 비교해서 보여주었다.

핵배낭의 무게는 약 30kg에 불과하나 그 위력은 10T에서 1kt 정도 된다. 그래도 리틀보이와 비교하면 66분의 1 내지 15분의 1밖에 안 된다.

내친김에 구 소련이 터뜨린 차르 봄바(Tsar Bomba)와 버섯구름 크기를 비교해 놓은 페이지도 보여주었다.

사실은 비교조차 무의미한 일이다.

차르봄바는 50MT짜리이다. 이를 TNT의 파괴력으로 환산해 보면 한번에 500만T이 터지는 위력과 같다.

이를 어찌 핵배낭과 비교하겠는가!

인류가 만들어낸 가장 강력한 무기인 이것은 1961년 10월 30일, 북극해의 노바야제믈랴 섬에 실험되었다.

이것이 폭발하자 지름 8km짜리 파이어볼이 생성되었다.

9서클 대마법사라 할지라도 최고가 100m 정도이니 얼마나 큰지 비교 자체가 무의미하다. 버섯구름의 높이는 64km였으며, 폭은 30~40km 정도 되었다.

100km 밖에 있던 사람은 3도 화상[6]을 입었고, 270km 이상 떨어져서 관찰하던 실험 관계자들도 무지막지하게 뜨거운 열을 느꼈다고 한다.

900km 떨어진 핀란드에선 유리창이 깨졌고, 그 충격파는 700km 바깥까지 전해졌다.

동시에 진도 5~5.2 정도의 지진파가 지구를 세 바퀴나 돌았다. 이 폭발은 1,000km 밖에서도 관찰되었다.

옥시온케리안과 라세안의 눈빛엔 공포가 감돌고 있다.

이같이 무지막지한 건 본 적은커녕 상상조차 해본 적이 없기 때문이다.

현수는 피식 웃으며 말을 이었다.

"이건 차르 봄바라 하는 건데 100서클 마법사도 이 정도 위력은 낼 수 없습니다. 저같이 10서클에 오른 마법사가 10만 명이 있어도 불가능하죠. 이게 터지면 아마 바세른 산맥은 평지가 되고, 주변 국가 모두가 영향을 받을 겁니다."

현수의 말은 사실이다. 차르 봄바의 초동 폭발반경은 80km이었고, 낙진반경은 1,200km였다.

---

6) 3도 화상 : 피하지방층까지 손상되고 피부신경과 혈관까지 모두 파괴된 상태.

폭발로 7,850㎢가 작살났다. 서울 면적의 13배 정도이다.

낙진이 쌓인 곳은 4,521,600㎢로 대한민국의 45배 면적이다. 당연히 바세른 산맥과 주변 국가 전부가 피해를 입게 된다.

"……!"

둘은 입을 딱 벌린 채 멍한 표정이다. 이쯤 되면 제대로 된 협박을 해야 효과가 크다. 하여 뻥을 치기로 마음먹었다.

"저희 코리아 제국엔 차르봄바가 약 100여 개 정도 비축되어 있습니다. 그중 열 개가 제 영지에 보관되어 있지요. 그것에 대한 발사권한은 제게 있습니다."

라세안과 옥시온케리안은 열 개의 차르봄바가 한꺼번에 터지는 장면을 상상하는지 몸을 부르르 떤다.

중간계가 엉망이 된다면 그 결과는 끔찍할 것이다.

중간계의 조율에 관한 책무를 위임받았는데 그걸 제대로 하지 못했으니 주신의 처벌이 있을 것이다. 모르긴 몰라도 모든 드래곤이 소멸의 길을 걷게 될 것이다.

무릇 협상이란 강온책을 유효 적절히 사용하며 밀고 당기기를 해야 한다. 하여 현수는 화제를 돌렸다.

"참! 최근에 저는 10서클 마법 하나를 창안했습니다."

"오호! 10서클 마법이요? 뭡니까?"

옥시온케리안은 9서클 마스터일 뿐 아직 10서클에 오르지 못했다. 로드로서의 책무가 많아 명상에 잠겨 수련할 시간도 부족하지만 딱히 10서클이 되려는 마음도 없다.

9서클 마스터인 것만으로도 자족하는 것이다.

라세안은 8서클 마스터와 9서클 비기너의 중간 정도에 머무는 중이다. 라세안 역시 고되고 지루한 수련이 싫다.

하여 굳이 9서클에 오르려는 노력을 기울이지 않는다.

그럴 시간이 있으면 그랜드 마스터가 되기 위한 수련을 할 생각이기 때문이다.

현수가 휘둘렀던 길이 20m짜리 검강이 부러웠던 것이다.

아무튼 새로 창안한 10서클 마법이라는 말에 둘 다 눈을 크게 뜬다. 듣는 것만으로도 큰 공부가 되기 때문이다.

하여 둘 다 바싹 당겨 앉는다. 이때 현수의 입이 열렸다.

"제가 이번에 개발한 것은 '아공간 텔레포트' 마법입니다."

"아공간 텔레포트요? 그게 뭡니까?"

옥시온케리안은 물론이고, 라이세뮤리안도 아공간 마법과 텔레포트 마법을 모두 안다.

이 두 마법은 전혀 다른 성향과 구조이다.

따라서 융합이 몹시 어렵다. 어쩌면 불가능할 수도 있다. 그렇기에 이해되지 않는다는 표정이다.

"아! 그건 적당한 명칭이 없어 그런 이름을 붙인 겁니다. 제가 만든 아공간 텔레포트 마법은……."

현수는 고향인 코리아 제국으로 돌아가고 싶지만 그럴 수 없음을 이야기했다. 물론 지어낸 이야기이다.

10서클 마스터에 그랜드 마스터이며, 보우 마스터임에도 고향은 너무나 멀다. 튼튼한 배를 만들어도 어디에 위치해 있는지를 모르니 망망대해를 떠돌다 늙어죽을 수도 있기에 시도조차 할 수 없음을 토로했다.

그럼에도 어떻게든 고향과의 연결을 고심했다. 물려받은 영지도 걱정해야 하기 때문이다.

그러던 중 스승인 멀린이 창안한 '채널 어브 디멘션'이란 마법을 떠올렸다.

타 차원 간 통신을 가능하게 하는 마법이다.

차원과 타 차원도 연결하는데 어찌 코리아 제국과 연결 못 하겠는가 하는 생각에 고심했다고 했다.

일반적인 통신마법으론 불가능할 만큼 먼 거리인지라 다른 방법을 모색하다 아공간 텔레포트 마법이라는 것을 만들어냈다. 자신의 아공간이 약 20㎞라는 것을 이용한 것이다.

이는 제주도를 제외한 한반도 전체를 1㎞ 깊이로 파낸 것과 같은 용적이다.

아무튼 이것을 이용하여 자신을 대신하여 영지를 꾸려가는 총관과 연결이 되었다고 했다.

그 결과 영지에 관한 서류를 전송받고, 필요한 물건 또한 받을 수 있으며, 저쪽에서 필요로 하는 것을 보낼 수 있게 되었다고 이야기했다. 물론 뻥이다.

현수는 이를 그럴듯한 것으로 만들기 위해 천지건설 해외영업부에서 작성해서 제출한 보고서 한 부를 꺼내서 보여주었다. 브라질 리우데자네이루 재개발 공사에 관한 것이다.

옥시온케리안과 라세안은 네모반듯하고, 크기가 일정하며, 눈처럼 흰 A4용지를 본 적이 없다.

이것 위에 인쇄된 질서정연한 활자도 생전 처음 보는 것이다.

뿐만 아니라 곳곳에 인쇄된 컬러사진은 너무도 생생하다.

최종 결재권자에게 제출하는 보고서인지라 해상도가 높은 컬러프린터를 사용한 결과이다.

현수는 결재란에 쓰여진 자신의 사인을 다른 종이에 그대로 재현했다. 본인의 필적이라는 것을 확인시킨 것이다.

"이건 제 영지개발에 관한 보고서로 제가 결재를 하고 이렇게 아공간에 넣으면 코리아 영지의 총관에게……."

말을 마치곤 나직이 룬어를 영창했다.

물론 무지하게 복잡하고 긴데다가 엄청나게 빨라 옥시온케리안과 라세안을 기억해 보려고 애를 썼지만 그럴 수 없었다. 미리 메모리마법을 구현시켜 놓지 않았으니 드래곤이라도 별 수 없는 것이다.

"조금 전 그 서류는 제 아공간을 통해 코리아 영지로 갔습니다. 참, 이거……!"

아공간에서 부라보콘 세 개를 꺼냈다.

해태제과에서 만든 것으로 파스타치오 레볼루션이라는 제품이다. 파스타치오 향이 가득한 고소한 콘이라고 광고했던 것이다.

"자넨 어떻게 먹는지 알지?"

현수가 건넨 부라보콘을 받아 든 라세안은 고개를 끄덕인다. 그러면서도 눈빛을 빛낸다. 전에 먹던 것과 다르기 때문이다.

"로드는 제가 까드리지요."

현수는 익숙한 솜씨로 껍질을 벗겨 건네주었다. 그리곤 본인 것도 얼른 하나 깠다. 한입 베어 물곤 로드를 바라보았다.

"이렇게 드시면 됩니다."

"알겠습니다."

고개를 끄덕이고는 얼른 한입 베어 문다. 시원하면서도 달달하고, 고소한 맛이 느껴지자 지그시 눈을 감는다.

수천 년을 살아왔지만 처음 경험하는 맛이다.

"후르릅! 후르르릅!"

곁에 있던 라세안은 연신 핥아댄다. 나이로 따지면 수천 살먹은 할아버지이지만 먹는 모습은 초등학생 같다.

한 방울이라도 흘리면 아깝다 생각하는 모양이다.

"어떻습니까? 맛이 괜찮지요? 부라보콘이라고 하는 건데요. 이건 바닐라콘이고, 이건 슈팅스타콘입니다. 이건 메타콘 스트로베리이고, 이건 누가콘, 이건 크런치킹콘입니다."

현수는 부라보콘 이외에도 다른 회사 제품들도 보여주었다.

백두마트를 털 때 가져온 것이다. 이를 본 라세안의 눈빛이 확 달라진다. 노골적으로 탐욕이 섞인 눈빛이다.

옥시온케리안 역시 저건 어떤 맛일까 싶은 표정으로 바라본다. 이때 라세안이 묻는다.

"처음 보는 게 많군. 다 다른 맛인가?"

"그렇지? 나도 요번에 처음 봤네. 우리 제국의 마법사들이 노력을 기울여 새롭게 만들어냈다고 하더군. 물론 다 다른 맛이야. 이건 딸기 맛이고, 이건……."

아르센 대륙에서의 현수는 점점 더 능숙하게 뻥을 친다.

"근데 값은 여전히 비싸다 하는가?"

전에 말하길 하나당 1,000골드라 하였다. 한화로 약 10억 원이다. 맛은 좋지만 먹는데 걸리는 시간이 너무 짧다.

아무리 아껴 먹어도 하나 먹는데 3분밖에 안 걸렸다. 너무 맛있어 저도 모르게 광속으로 핥는 때문이다.

시간으로 따지면 180초에 10억 원이니 초당 555만 원어치씩 먹는 것이다. 어마어마하게 비싸다.

"아무래도 그렇지. 쉽게 만들어지는 게 아니니까. 그렇지만 걱정 말게. 자네와 약정했던 건 안 바꿀 테니."

지난해 8월에 현수는 라세안과 다프네와 함께 라수스 협곡을 지나갔다.

그때 부라보콘 하나당 100골드짜리 만드라고라와 일대일 물물교환을 약속했다. 지금 그 이야기를 한 것이다.

한 개당 500~600원짜리 자유시간은 쉐리엔 100kg과 교환하기로 했었다.

"약정? 둘이 무슨 약정을 했는가?"

옥시온케리안의 물음에 현수가 대답했다.

"아! 그건 이것 하나와 만드라고라 한 뿌리를 교환하기로 한 겁니다. 이것 말고 이런 것도 있는데."

말을 하며 자연스레 자유시간을 꺼내 들었다. 봉지를 까서 건네자 이건 뭔가 하는 표정으로 바라본다.

"겉보기엔 조금 그렇지만 맛은 괜찮습니다. 한번 씹어서 삼켜보십시오."

"……!"

현수가 입으로 씹는 시늉을 하자 그대로 따라서 씹어본다.

CHAPTER 06
점점 늘어가는 빵!

초콜릿에는 자당(蔗糖), 페닐에틸아민7), 테오브로민8)이 들어 있다. 뿐만이 아니다. 황홀감을 느끼게 하는 아난다마이드(Anandamide)도 들어 있다.

그렇기에 이걸 먹으면 행복한 기분이 든다.

"……!"

물론 옥시온케리안은 초콜릿이 처음이다.

그리고 체질적으로 인간보다 훨씬 더 민감하다. 그래서 그

---

7) 페닐에틸아민(Phenylethylamine) : 사람이 사랑의 감정을 느낄 때 뇌에서 활발하게 분비되는 호르몬으로 암페타민(필로폰의 주성분)과 유사하다.

8) 테오브로민(Theobromine) : 카페인과 매우 비슷한 물질로 중추신경계를 자극하는 약한 흥분제.

런지 금방 기분이 좋아지는 듯하다.

뭔가를 청하려면 이런 때가 최고이다. 하여 빙긋이 미소 지으며 현수가 입술을 떼었다.

"로드께서 이실리프 자치령에 대한 인가를 주시면 매년 부라보콘 100개와 자유시간 100개씩을 드리겠습니다."

"아무것도 안 받고?"

먼저 반응한 것은 라세안이다. 그리곤 다시 말을 잇는다.

"여기 말고 라수스 협곡으로 자치령을 옮기게. 원하는 넓이만큼 할양해 주겠네. 그리고 자네가 원하면……."

부라보콘 100개를 공짜로 제공한다는 것에 흥분한 모양이다. 50개씩만 줘도 된다는 말을 하려는 찰나에 옥시온케리안이 슬쩍 말을 끊는다.

"그 제안 받아들입니다. 말씀하신 대로 자치령이 어찌 발전되는지를 지켜보는 것도 재미있겠습니다."

"아! 그렇습니까? 감사합니다."

난제 중 하나가 풀린 기분인지라 현수의 입가엔 자연스레 미소가 어린다. 이때 옥시온케리안이 정색하며 말을 잇는다.

"단 조건이 있습니다."

먼저 반응한 것은 이번에도 라세안이다.

"조건! 난 그런 거 없어도 되네. 라수스 협곡으로 오게. 매년 50개씩만 줘도 되네."

"끄응! 자넨 조금만 기다려 주게. 로드께서 말씀하시지 않나. 라세안!"

라세안은 옥시온케리안의 굳은 표정을 보곤 이내 물러앉는다. 할 말 있으면 먼저 하라는 뜻이다.

옥시온케리안은 불만 섞인 표정으로 라세안을 힐끔 바라보곤 현수에게 시선을 돌린다.

"조금 전에 부라보콘과 자유시간이라 했습니까?"

"네! 감사의 뜻으로 매년 100개씩……."

현수의 말은 중간에서 잘려야 했다. 로드가 손을 내저으며 입을 연 때문이다.

"그런 건 안 줘도 됩니다. 아까 말한 대로 자치령이 발전해 가는 모습을 보는 것만으로도 충분히 재미있을 것 같더군요."

표정을 보니 안 받아도 된다는 건 체면상 한번 해보는 이야기인 듯싶다.

"아! 네에."

"대신 조금 전에 보여주었던 전투기, 미사일, 그리고 핵배닝이나 차르 봄바, 그리고 벙커… 뭐라고 했죠?"

"벙커버스터입니다."

벙커버스터(Bunker Buster)는 지하에 숨어 있는 적군의 벙커를 무력화하는 것과 적의 지하구조물을 파괴하기 위해 개발된 것이다. 현재 철근콘크리트(RC)에 대한 관통력은 60m

이상이며, 2015년까지 100m를 목표로 개발 중에 있다.

옥시온케리안은 차르 봄바보다 벙커버스터에 의해 땅 속 깊은 곳에 있는 구조물이 박살 나는 것을 인상 깊게 보았다.

차르 봄바는 너무도 위력이 크기에 현실적이지 않다는 느낌이 강했던 것이다.

아무튼 거의 모든 드래곤의 레어가 동굴 속에 있다.

만일 현수와 돌이킬 수 없을 정도로 척을 졌을 때 벙커버스터로 공격하면 꼼짝없이 말살당할 것이다.

그렇기에 이런저런 무기들을 언급하면서 슬쩍 벙커버스터를 강조한 것이다.

"아무튼 그런 무기들을 이곳 아르센 대륙에선 만들지도 말고, 사용하지도 않겠다는 약속은 해줘야겠습니다."

"…그러지요. 적어도 아르센 대륙에선 개발하지도 않고, 사용하지도 않을 것임을 마나에 맹세합니다."

위저드 로드가 마나를 언급했다. 만일 약속을 어기면 마법을 잃는 불상사를 겪게 된다.

이 세상 모든 마법사가 가장 꺼리는 일이다.

그렇기에 현수가 마나를 언급하자 옥시온케리안은 그제야 안심이 된다는 듯 슬쩍 물러앉는다.

"그, 그렇지. 그건 그러네. 내 생각도……. 그건 너무 끔찍한 것들이잖아."

라세안은 그간 느꼈던 핵배낭의 공포가 가시는 느낌을 받는 중이다. 말은 안 했지만 혹시라도 현수와 반목하면 어쩌나 하는 생각을 했었다.

그래서 더욱 적극적으로 다프네와 맺어주려고 했던 것이다. 사위가 되면 장인을 죽이진 않을 것이기 때문이다.

"앞으로 사이좋게 잘 지내기를 바랍니다, 로드!"

"나도 좋은 이웃이 되도록 노력하겠소."

"구경만 하지 마시고 가끔 놀러 오십시오."

"그러리다."

한결 부드러운 분위기이다. 이쯤해서 말했던 것들을 꺼내 놓으면 더욱 화기애애할 것이다.

"아공간 오픈!"

부라보콘 300개와 자유시간 300개를 꺼냈다.

"이건 자치령 인가와 관계없이 제가 로드를 만난 기념으로 드리는 겁니다. 사양치 마시고 받아주십시오."

"…고맙소! 기꺼이 받으리다. 그나저나 보관은 어찌해야 하는 건지요?"

"항온마법진을 쓰셔도 되고 보존마법을 사용하셔도 될 겁니다. 아공간에 넣어두셔도 변질은 안 될 겁니다."

"아! 그렇소?"

옥시온케리안은 부라보콘과 자유시간을 자신의 아공간에

담았다. 같은 순간 라세안이 부럽다는 표정으로 바라본다.

"휴우! 쉐리엔은 날이 풀려야 날 것이고, 만드라고라는 캐어놓으라 했는데 다 되었나 모르겠네."

현수는 라세안의 말을 듣는 순간 짚이는 것이 있었다.

"자네, 혹시 몬스터들에게 그걸 찾아서 캐어오라고 명을 내린 건 아니겠지?"

현수는 이내 고개를 흔들며 말을 이었다.

"하긴, 오크나 트롤 그리고 오우거 같은 놈들이 그걸 어찌 캐겠나, 안 그래?"

"당연하지! 어찌 그런 놈들에게 만드라고라를 캐어오라고 하겠나? 그건 가능한 일이 아니지."

라세안은 말도 안 된다는 표정을 짓는다. 근데 조금 묘하다. 뭔가 자신만만한 표정이다.

"그럼 혹시 다른 몬스터에게 시켰나?"

"그래! 오크나 트롤, 오우거 같은 놈들보다 덩치도 작고 재빠르면서 섬세한 작업이 가능한 녀석들에게 시켰지."

"누군데?"

셋 중 오크가 가장 작다. 그런데 그보다 더 작다면 고블린일 것이다.

고블린은 굴이나 광산 지하에 사는 몬스터로 인간과 비슷한 모습을 하고 있지만 신장이 불과 30㎝ 정도 된다.

산 속엔 많은 몬스터가 서식하지만 오크나 고블린 정도만 만드라고라를 상처 입히지 않고 뽑아낼 수 있다.

발이 아닌 손을 사용하기 때문이다.

"그래서 그놈들 돌아다니라고 모든 몬스터를 내몬 거야?"

"그랬지! 그래야 한 뿌리라도 더 자네에게 줄 수 있잖아. 라수스 협곡은 험한 데가 많아서 인간들이 못 캐는 것도 많다구. 그러니 보다 섬세한 작업이 가능한 놈들을 시켰지."

라세안은 다시 생각해 봐도 잘했다는 듯 우쭐한 표정을 짓는다. 이제 곧 엄청난 양의 만드라고라를 확보할 수 있을 것이기 때문이다.

"세상에 맙소사! 그래서 어떤 일이 빚어졌는지 몰라?"

"일……? 무슨 일이 빚어져?"

"자네가 몰아낸 몬스터들이 인간들을 공격해서 엄청난 수가 죽고 다쳤다고."

현수의 음성엔 약간의 분노가 어려 있었다. 굶주린 몬스터들에 의해 갈기갈기 찢긴 사체들을 너무 많이 본 때문이다.

"그, 그래……? 난, 협곡 바깥쪽에 나가 있으라고 한 것뿐인데. 끄응! 어쩌지? 많이 죽고 다쳤나?"

"그걸 말이라고 해? 라수스 협곡에 얼마나 많은 몬스터가 있는지 가장 잘 아는 게 자넨데."

"그, 그건 그렇지. 쩝, 예상치 못한 부작용이네. 어쩌지? 난

10서클 마법사가 아니라 리절렉션을 쓸 줄 모르는데."

할 수만 있으면 부활 마법을 난사해서라도 죽은 이들을 되살리겠다는 말이다.

"어이구, 이 친구야! 시체가 아직도 멀쩡히 있겠어? 벌써 썩기 시작했거나 몬스터에 의해 훼손당했는데."

"……!"

라세안은 난감한 표정을 짓는다. 만드라고라를 더 많이 캐려는 목적으로 상위포식자들을 외곽으로 쫓아내고 고블린들에게 협곡 내부를 샅샅이 뒤지도록 했다.

그것에 대한 대가는 고블린들이 안심하고 살 수 있는 공간 제공이다. 고블린은 오크들이 주로 잡아먹는다. 샤벨타이거나 베어울프들이 습격하면 급격하게 수가 줄어든다.

먹을 만큼만 사냥하는 것이겠지만 한 번 오면 너무 많이 잡아먹기 때문이다.

사실 고블린의 고기는 조금 질기고, 맛이 없다. 그래서 진짜 굶주렸을 때만 오기에 희생이 큰 것이다. 그래서 번식력이 아주 강하지만 늘 일정한 숫자만 유지될 뿐이다.

그리고 늘 어두운 동굴 속에서 살금살금 걸으며 살고 있다. 항상 조바심치며 살고, 조심하지 않으면 언제 잡혀먹을지 모를 불안한 삶을 영위하고 있는 것이다.

이런 상황에서 다른 몬스터들의 습격을 방어해 줄 수 있는

공간이 마련된다면 얼마나 좋겠는가!

그렇기에 라세안의 명이 떨어지자마자 동굴 속 깊은 곳에 있던 고블린들까지 모두 떼를 지어 나타났다.

사람으로 치면 갓 태어나 기어 다니는 아기부터 내일모레 면 장례를 치르게 생긴 노인까지 다 나온 셈이다.

그야말로 남녀노소 구분 없이 모조리 튀어나왔다.

채취해 오는 만드라고라의 양에 따라 제공받게 될 영역이 달라질 것이라는 라세안의 언질 때문이다.

어쨌거나 라세안은 엄청난 수의 고블린을 보고 화들짝 놀 랐다. 웬만한 산등성이 하나는 까맣게 뒤덮을 정도로 많았던 때문이다.

고블린들은 라세안의 보호하에 라수스 협곡을 이 잡듯 뒤 지는 중이다. 그러는 동안 몬스터 러쉬에 놀란 미판테 왕국민 들만 죽어나고 있다.

"한시라도 바삐 원상 복구시키게."

"그, 그러지."

라세안은 당장 가려는 듯 엉덩이를 들썩인다.

"그전에 자네에게 할 말이 있네."

"뭐, 뭔데?"

또 뭔가 심상치 않은 일이 있을까 싶어 심히 저어된다는 표 정이다.

"다프네가 노예사냥꾼들에게 잡혀가 노예로 팔렸네."

"뭐? 뭐라고……?"

대번에 음성이 커진다. 아무리 인간 쪽 성향을 타고났다고 해도 다프네는 드래고니안이다.

절반은 드래곤의 피가 흐르는 존재인 것이다. 그런데 하찮은 인간들이 자신의 딸을 노예로 잡아갔다니 대번에 노성을 터뜨린 것이다. 과연 성질 급한 레드드래곤답다.

"내가 확인한 바에 의하면 아드리안 왕국 수도 멀린에서 노예경매가 이루어졌고, 누군가 1,600골드에 사갔네."

"그래서?"

라세안은 딸이 노예로 팔렸다는 말에 화는 나지만 억지로 분노를 누른다는 듯 낮은 음성으로 묻는다.

"현재 아드리안 왕국의 모든 기사와 병사, 그리고 마법사들까지 풀어 다프네의 행방을 쫓고 있네."

"……!"

"나도 이 길로 거기에 가서 다프네를 찾을 것이니 자네는 몬스터들 정리가 되는 대로 합류해 주게."

라세안은 딸부터 찾겠다는 말을 하려 했지만 현수의 표정이 단호하자 고개를 끄덕인다.

"알았네. 몬스터들부터 정리하지. …다프네에게 무슨 일이 있어도… 아니, 아닐세!"

라세안이 말끝을 흐리자 현수가 먼저 입을 연다.

"다프네는 내 아내이네. 자넨 내 장인이고!"

다프네의 신상에 무슨 일이 있더라도 반드시 결혼하겠다는 뜻이다.

"그 마음 변치 않기를……!"

"내 고향에는 이런 말이 있네. 남아일언중천금이라는!"

"그건 들어본 바 있는 말이군. 그럼 다프네의 소원도 한 가지 들어줘야 하겠군."

현수가 라수스 협곡을 지나는 동안 다프네와 내기를 걸었을 때 한 말이기에 기억하는 모양이다.

"물론이네! 내가 해줄 수 있는 거라면 당연히 들어줘야지. 약속은 지켜질 것이네."

둘의 대화를 듣고 있던 옥시온케리안이 한마디 한다.

"제니스와 함께 가시게."

"고맙습니다, 로드!"

거들어준다는데 마다할 일이 아니다. 하지만 일의 선후가 있다. 하여 라세안에게 시선을 주었다.

"제니스와 함께 협곡의 몬스터 정리를 하고 합류하는 게 빠르지 않겠나?"

드래곤들끼리는 말하지 않아도 뜻이 통하고, 멀리 떨어져 있어도 존재감을 느낀다.

우리말로는 '핏줄은 서로 당긴다' 라는 것이다.

다프네의 혈통 역시 절반은 드래곤이며, 라세안은 친부이니 찾기 쉽지 않겠냐는 뜻이다.

"그러지! 최대한 빨리 하고 가겠네. 멀린에 있을 것인가?"

"다프네의 행방이 드러날 때까지는 헥사곤 오브 이실리프에 머물겠네."

"알겠네. 그리로 가지."

라세안이 고개를 끄덕이자 현수는 옥시온케리안에게 시선을 주었다.

"로드! 오늘의 만남이 조금 더 여유로웠으면 좋겠는데 방금 들으셨다시피 제 아내 될 여인의 행방이 묘연합니다."

어찌 무슨 뜻인지 모르겠는가!

옥시온케리안은 개의치 않는다는 표정을 짓는다.

"우리끼리는 시간이 많습니다. 그러니 급한 일부터 해야지요. 그나저나 돕고 싶지만 나는 이곳을 떠날 수 없는 몸이니 그 점 양해 바랍니다."

"네! 이해합니다. 한시바삐 처리하고 다시 만나 담소의 시간을 가졌으면 하는 것이 제 바람입니다."

"오늘 반가웠습니다. 급한 일 있으니 오늘의 만남은 여기서 마치십시다."

"네! 로드!"

로드의 레어를 나온 현수는 라세안과 헤어졌다. 그리곤 곧장 멀린으로 텔레포트했다. 같은 순간 라세안은 라수스 협곡으로 향했고, 제니스와 케이트 역시 협곡으로 갔다.

오늘 꾸미려던 신방은 뒤로 미뤄졌지만 케이트는 아무런 불만도 없다. 첫날밤을 어찌 치를지 두려웠는데 오히려 잘되었다는 생각뿐이다. 반면 제니스는 볼이 튀어나왔다.

한시바삐 현수를 사위 자리에 앉히려던 계획이 무산된 때문이다. 그리고 그 원인이 라세안에게 있다고 전가시켰다.

몬스터들을 내몰지 않았으면 다프네가 인간들에게 납치되는 일이 없었을 것이라 우긴 것이다.

듣고 보니 그런 것도 같기에 라세안은 절절매다가 먼저 텔레포트했다. 제니스와 케이트 역시 그의 뒤를 따라갔다.

현수는 드래곤 로드를 만나는 자리에서 사기를 쳤다.

그 결과 쓸모없는 모켈레 무벰베의 사체와 금방 숨은 거둔 것처럼 드래곤 하트까지 멀쩡한 실버드래곤의 사체를 맞바꿨다. 대단한 행운이다.

드래곤의 사체는 아르센의 모든 사람이 바라마지 않은 귀물 중의 귀물이다. 돈이 있어도 구할 수 없기 때문이다.

마법사보다는 기사가 더 많이 찾는다.

드래곤의 비늘은 검강이 아니면 홈집조차 생기지 않으며, 쇠보다 훨씬 가벼워 활동성이 높기 때문이다.

하지만 너무 비싸서 몸 전체를 감싸는 갑옷이 아닌 심장 부위만을 보호하는 호심갑(護心甲) 또는 가슴을 보호하는 엄심갑(掩心甲)으로 주로 쓰인다.

이것의 또 다른 효용은 마법에 대한 저항성이 매우 높다는 것이다. 파이어 애로우나 아이스 볼트뿐만 아니라 라이트닝 마법에도 끄떡없다.

전장에서 주로 사용되는 4서클 마법 대부분을 무효화하니 드래곤의 비늘 하나만 있으면 전투마법사가 두렵지 않다.

기사 입장에선 일석이조인 방어구이다.

찾는 사람은 많고, 물건은 귀하니 비늘 하나당 약 1,000골드에 거래된다.

한화로 환산하면 10억 원이니 엄청 비싸다. 하여 후작 이상 고위 귀족이나 손에 넣을 수 있다.

드래곤의 가죽은 비늘보다 약간 저렴하다.

그리고 비늘보다 마름질하기 쉬워 전신 갑옷을 만들 수 있다는 장점이 있다.

게다가 도검불침일 뿐만 아니라 한서불침 효용까지 있다.

마법에 대한 저항성은 비늘보다는 떨어지지만 2서클까지는 무효화시킬 수 있다.

드래곤의 커다란 덩치를 생각하면 상당히 많은 수의 갑옷을 제작할 수 있고, 한 벌당 3,000~4,000골드 정도로 거래된다.

드래곤의 사체 한 구만 있으면 가죽만으로도 엄청난 부(富)를 이룰 수 있다.

힘줄은 강궁의 시위로도 쓰이지만 주로 공성병기나 수성병기로 사용되는 대형 쇠뇌의 시위로 사용된다.

이것뿐만 아니라 여러 용도로 사용되는데 오우거의 힘줄과 비교하면 인장력이랄지 복원력, 내구성 등이 월등히 뛰어나 이것 역시 고가로 거래된다.

드래곤의 썩지 않은 혈액은 마법사와 연금술사들이 눈에 불을 켜고 찾는 것이다. 구하기가 하늘의 별 따기 만큼이나 어려운 것인지라 부르는 게 값이다.

마법사와 연금술사 모두 드래곤의 혈액은 불노장생의 묘약을 만드는 데 결정적인 원료라 생각하고 있다.

별 탈 없이 일만 년이나 사는 생물체이니 당연한 생각이다. 하지만 이는 사실 여부가 확인되지 않은 것이다.

부패하지 않은 드래곤의 혈액은 구하고 싶어도 구할 수 없는 물질이기 때문이다.

살아 있는 드래곤이 제 피를 뽑아줄 리 없고, 죽은 지 얼마 안 된 드래곤을 발견하는 건 거의 불가능하기 때문이다.

드래곤들은 자신의 사후가 평안하길 바라기 때문에 인간이나 기타 몬스터 등이 범접할 수 없는 곳에서 최후를 준비한다.

대개 깎아지른 듯 높은 절벽 위나, 아주 깊은 동굴의 안쪽에 마련된 특수공간인 경우가 많다.

이건 사체가 온전히 마나의 품으로 흩어진 뒤에야 풀리는 결계로 가려진 경우가 많아 가까이 가도 발견하기 힘들다.

켈레모라니처럼 자신의 레어에서 최후를 맞이하는 경우도 있는데 이런 경우는 더더욱 가까이 할 수 없다.

아주 강력한 무력을 가진 가디언들이 지키고 있기에 진입이 불가능한 때문이다.

따라서 갓 죽은 드래곤을 볼 확률은 매우 낮다.

하지만 드래곤 슬레이어라면 사정이 다르다. 본인이 직접 드래곤과 대결하여 목숨을 끊는 것이기 때문이다.

현수의 스승 멀린도 드래곤 슬레이어 중 하나이다. 하지만 드래곤의 피를 뽑아내진 않았다.

대결하는 동안 만신창이가 되어 뽑아낼 피가 적었던 이유도 있지만 본인도 지친 상태였던 때문이다.

한편, 드래곤의 뼈는 강철보다도 단단하면서도 가벼운 것이 특징이다. 이것으로 제작된 검이 있다면 소드마스터가 아니더라도 검강 또는 오러에 의한 열세를 극복할 수 있다.

다시 말해 검강을 구현시킬 수 없어도 어느 정도까지는 버틸 수 있다.

이러는 동안 위력보다는 검식 위주로 대결에 임하면 소드마스터를 감당할 수 있거나 이길 수도 있는 것이다.

또한 드래곤의 뼈로 만든 본 소드(Bone sword)는 구울, 좀비, 스켈레톤, 뱀파이어 등 어둠의 세력과는 상극이라 척사(斥邪)의 용도로 많이 쓰인다.

뿐만 아니라 열전도 현상이 거의 없으며, 마법에 대한 대항력이 강한 물질이다.

마지막으로 드래곤의 부패하지 않은 살은 최고의 식재료이다. 이것을 먹으면 두려움이 사라지고, 용기가 솟는다고 한다.

물론 드래곤의 살을 요리해서 먹어봤다는 기록은 없다. 그럴 것이라는 추측만 있을 뿐이다.

어쨌거나 현수의 아공간엔 실버드래곤의 온전한 사체 한구가 보관되어 있다. 마법적 보존처리가 워낙 잘되어 갓 죽은 듯 아주 생생한 상태이다.

이를 어찌 처리할 것인지는 현수의 결정에 좌우될 것이다.

"흐음! 드래곤의 사체라……!"

다른 어떤 것보다도 드래곤 하트의 효용이 클 것이다.

"마나를 좋아하는 포인세 재배지를 더 넓게 할 수 있게 되었군. 근데 바이롯 재배지에 보관하면 어떨까?"

사내들을 제왕으로 만들어주는 바이롯의 유일한 단점은 과도한 방사로 인한 기력 소모가 문제된다는 것이다.

이를 커버하기 위해 마나포션을 사용했다. 그런데 바이롯 자체가 마나를 함유할 수 있게 되면 어떨까 싶다.

현수의 이런 발상은 천 년 묵은 산삼보다도 좋다는 슈피리어 바이롯의 탄생으로 이어진다.

유일한 단점이었던 과도한 기력 소모 대신 원기 회복이라는 효과를 가져오기 때문이다.

"후후! 아무튼 큰 거 한 건 한 기분이네."

아공간에 있는 동안은 사체에 어떠한 변화도 발생되지 않을 것이다. 따라서 시간을 두고 천천히 어찌 처리할 것인지를 생각해 보는 것도 재미있을 것 같다.

"그나저나 켈레모라니님의 레어를 한번 가봐야겠군."

자신의 심장을 보호하고 있는 비늘엔 1,000년간 정제된 순수한 마나로 가득하다.

사용하면 다시 보충되도록 오토 리차지 기능이 있는데 대체 어떤 방법을 썼는지 궁금해진 것이다.

"실버드래곤의 비늘로 켈레모라니의 비늘과 같은 걸 만들 수 있었으면 좋겠다. 아리아니!"

"네, 주인님!"

허공을 날고 있던 아리아니가 얼른 현수의 어깨 위에 내려앉는다.

"옛 주인님의 레어에 혹시 서재 같은 거 있어?"

"서재라 함은 책들이 그득한 곳이지요?"

"그래!"

현수가 고개를 끄덕이자 아리아니는 뭔가 아련한 추억을 더듬는 듯한 표정을 짓고는 입을 연다.

"켈레모라니 님은 옛날이야기를 참 좋아하셨어요."

뜬금없는 이야기에 무슨 소린가 싶어 시선을 돌렸다. 기다렸다는 듯 아리아니의 말이 이어진다.

"그래서 상당히 많은 책을 모아놓으셨고, 잘 보존되어 있지요. 책이 상당히 많아요."

"그래? 그럼, 나중에 그거 내가 봐도 될까?"

"물론이에요. 옥시온케리안 님께서 말씀하시길 주인님은 옛 주인님의 후계자시래요. 그래서 옛 주인님께서 남기신 모든 것의 주인이세요."

"아! 그래?"

이런 말은 언제 했는지 알 수는 없지만 아리아니는 거짓을 말하지 않는 존재이다.

"내가 너의 옛 주인님을 만지는 것도 되는 거야?"

드래곤들 가운데 가장 마법적 성취가 높은 존재가 골드 일족이다. 그런 골드 일족 중에서도 고룡에 속하는 켈레모라니는 자신의 비늘에 1서클부터 9서클까지 알고 있는 모든 마법 구결을 기록해 두었다.

드래곤의 사체이니 이미 천금보다 비싸다. 그런데 다른 드래곤과 달리 모든 비늘에 뭔가가 쓰여져 있다.

마법 구결인 것도 있고, 어떻게 하면 몸을 깨끗하게 할 수 있는지, 아름다운 몸을 유지할 수 있는지에 대한 것도 있다.

이 세상 마법사들이 꿈에서라도 한 번만 봤으면 싶을 보물 중의 보물이다.

현수는 문자화되어 있는 용언마법을 보고 멀린의 그것과 약간씩 차이가 있음을 깨달았다.

그날 이후 인간의 마법과 드래곤의 용언마법의 어떻게 다르며, 어떻게 하면 융화시킬 수 있는지를 생각해 보았다.

될 듯 될 듯하지만 아직은 완벽하게 경계를 좁히진 못한 상태이다. 한 번쯤 더 자세히 켈레모라니의 사체를 보고 싶었지만 아리아니가 저어하는 듯하여 말도 안 꺼냈었다.

"후계자가 되셨으니까 만지셔도 되요. 다만……."

켈레모라니가 생전에 어떤 생활을 했는지는 아리아니가 제일 잘 안다.

인간의 모습으로 폴리모프했을 땐 매일 아침 눈을 뜨자마자 가장 깨끗한 물을 찾아 씻었다.

식사 후엔 반드시 입안을 헹궜고, 더러운 것이 손에 닿았다면 그 즉시 씻어 내렸다.

자기 전에 다시 한 번 머리끝에서 발끝까지를 닦아야 잠자리에 들었다. 물론 먼지 한 점 없는 잠자리이다.

본체일 때는 더러워지는 법이 없음에도 하루에 한 번 호수를 유영했다. 그리곤 머리끝에서 발끝까지 모든 비늘을 일일이 점검했다. 다른 드래곤들과 달리 발톱도 깎았다.

어떤 모습을 취하든 주변까지 늘 청결해야 했고, 완전무결한 정리정돈을 추구했다.

그렇기에 뭔가 말을 하려다 만다. 이제 제법 눈치 빨라진 현수가 어찌 무슨 뜻인지 모르겠는가!

"약속할게. 어떠한 일이 있어도 켈레모라니 님의 사체를 훼손하는 일은 없을 거야. 드래곤 하트도 안 건드려."

"…아니에요. 후계자이시니까 뭐든 원하시는 대로 하셔도 되요. 뭐든지요."

아리아니는 더 이상 할 말이 없다는 듯 입을 꼭 다문다.

말은 이렇게 했지만 웬만하면 보존해 달라는 뜻을 어찌 모르겠는가!

"알았어! 각별히 주의할게. 그나저나 내가 켈레모라니 님의 후계자라고 누가 그랬어?"

"로드께서 그리 말씀하셨어요. 주인님께서는 골드 일족과 아주 각별한 사이가 되셨다구 하셨어요."

그러고 보니 곧 결혼할 케이트는 골드 일족이 유일하게 거둔 인간 제자이다.

이것만으로도 인연이라면 인연인데 켈레모라니의 후계자이면서 옥시온케리안의 영역 안에 이실리프 자치령이 조성되고 있으니 골드 일족과는 정말 깊은 인연이 되는 셈이다.

"그랬군."

현수는 고개를 끄덕였다.

부인할 수 없는 사실이기 때문이다.

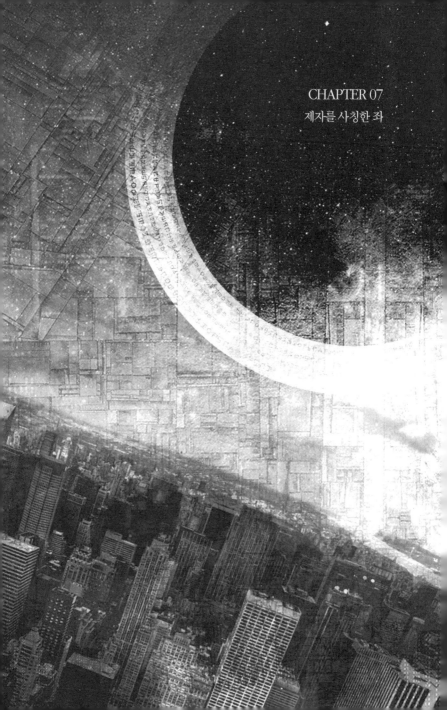

CHAPTER 07
제자를 사칭한 죄

전능의팔찌

THE OMNIPOTENT
BRACELET

"어서 오십시오, 마탑주님!"

"그래! 수고가 많네."

상투적인 말이었지만 헥사곤 오브 이실리프의 정문에서 경계 근무를 서던 피친트 아델 드 팔리안은 금방 상기된다.

하늘같은 마탑주로부터 칭찬받았다는 느낌 때문이다.

"감사합니다. 아, 참! 이, 이쪽으로 들어가십시오."

헥사곤 오브 이실리프의 정문은 중앙의 대문과 좌우 쪽문으로 구성되어 있다.

정문은 15m 폭으로 마탑주의 전유물이다. 좌측 쪽문은 폭

7.5m이고, 우측은 3.75m로 만들어져 있다.

정문은 국왕과 마탑주가 행차할 때만 열린다.

좌측 쪽문은 헥사곤 오브 이실리프에 거주하고 있는 여인의 가족들이 면회실로 갈 때 사용하는 문이다. 대부분 고위 귀족의 여식이기에 예우차원이다.

나머지는 전부 우측 문을 쓴다.

좌측문은 일 년에 열두 번쯤 열린다. 연간 2회만 면회 가능하기 때문이다. 우측 문은 시녀들도 드나들기에 수시로 열리지만 정문은 1년에 한 번도 안 열리던 때가 많았다.

마탑주가 없으니 국왕도 방문할 이유가 없기 때문이다.

끼이이, 끼이이, 끼이이이이이一!

아델과 두 명의 병사가 전력을 다해 밀고 있지만 정문은 너무 육중하고, 너무 빽빽하다.

"그리스! 그리스! 윈드! 윈드!"

샤라라라랑一!

현수의 손끝에서 뿜어진 마법이 구현되자 빽빽하던 경첩 부위의 마찰력이 순식간에 제로에 수렴된다.

곧이어 당도한 바람마저 가세하자 힘겹게 열리던 문이 순식간에 활짝 열린다.

"아……! 고맙습니다."

아델은 마탑주가 도왔음을 깨닫고 크게 허리를 숙인다. 그러는 사이에 현수는 걸음을 옮겨 안으로 들어섰다.

그렇게 서너 발짝을 떼었을 때 아델이 깜박 잊고 있었다는 듯 소리친다.

"마탑주님! 제자이신 로스톤 팔머 드 홀로렌 기사는 어떻게 하라고 할까요?"

"제자? 누가? 로스톤이?"

어찌 된 영문이냐는 표정으로 돌아보는데 아델의 보고가 이어진다.

"네! 제자이신 기사 로스톤은 현재 이실리프 빈관에 대기 중에 있습니다. 마탑주님께서 귀환하셨으니 찾아뵈라고 전할까요?"

"그 녀석이 빈관에 있다고?"

"네! 경비단장님께서 명하셔서 빈관 객실 중 가장 좋은 슈피리어 룸에 머물고 있습니다."

"……!"

로스톤은 홀로렌 영지를 방문했을 때 근무태만을 지적하지 겁 없이 덤벼든 녀석이다.

그래서 경솔한 판단으로 많은 인명을 희생시킬 뻔했던 스미든 코린 반 호마린과 함께 개고생을 시킬 예정이다.

그런데 이곳에서 최고급 호사를 누리고 있다?

누가 먼저 현수의 제자라는 말을 꺼냈는지 모르지만 최상급 대접을 받고 있다니 살짝 어이가 없었다.

"어떻게… 바로 찾아뵈라고 말 전할까요?"

"아니! 그럴 필요 없네. 대신 로스톤에게 내일부터 매일 헥사곤 오브 이실리프를 열 바퀴씩 뛴 후 가로베기 3,000번, 세로베기 3,000번씩을 하라고 전하게."

"…네! 알겠습니다."

헥사곤 오브 이실리프의 영역은 외부 정원을 뺀 부분만 가로 500m, 세로 1,000m이다.

이것의 둘레는 3㎞이지만 외곽 길은 약 4㎞로 조성되어 있다. 경비기사들은 하루에 두 번 이곳을 돌며 이상 여부를 확인한다.

아무튼 이것을 열 바퀴 돌면 40㎞이다.

달리기가 생활화되어 있지 않은 일반인의 경우 4시간이 넘게 걸릴 거리이다.

게다가 로스톤은 기사이므로 갑옷을 입고 뛸 것이다. 그렇다면 적어도 6시간 이상은 달려야 한다.

이 정도면 지쳐서 쓰러지는 것이 마땅하다.

그런데 달리기를 마친 후 가로베기와 세로베기를 각각 3,000번씩 하라고 한다. 현수의 표정을 보아하니 이 정도 수련은 매일 한 듯싶다.

아델은 더 높은 경지에 오르기 위해 스스로 혹독한 훈련을 계획하였고, 그것을 실천하는 중이다.

그럼에도 로스톤과 똑같이 할 자신이 없다. 훈련 강도가 무지막지하게 강하기 때문이다.

'역시 마탑주님께서는 다르시군. 으음, 나도 내일부터 로스톤 경과 함께 뛰어야겠군.'

몸은 몹시 힘이 들겠지만 훈련을 견뎌내면 높은 곳으로 오를 수 있을 것이라 생각한 것이다.

아델이 이런 생각을 하고 있을 때 현수가 말을 이었다.

"아무리 힘들고 지쳐도 매일 실시할 것이며, 몸에 무리가 있다 판단되더라도 신관에겐 가지 말라 전하게."

그간 호사를 누렸으니 고생 한번 해보라는 뜻이다.

"아! 네에. 알겠습니다."

체력의 한계를 극복해야만 완수할 수 있는 고된 수련이야말로 더 높은 경지로 이끄는 지름길이라 생각한 아델은 크게 고개를 끄덕였다.

덕분에 고생 안 해도 될 사람이지만 스스로 훈련에 동참하니 고생문이 훤히 열린 셈이다.

현수는 천천히 걸어 마탑주 집무실인 '세상의 중심'으로 들어섰다. 다른 곳은 온통 여인들 천지인 때문이다.

그런데 아델이 어떻게 기별했는지 알 수 없지만 소피아를 비롯한 아이리스와 아그네스, 그리고 이사벨과 나오미, 마샤가 공손히 허리를 숙여 예를 갖춘다.

"더없이 위대하신 마탑주님을 알현하옵니다."

"주인님을 다시 뵈오니 너무 좋사옵니다."

"소녀, 주인님만 학수고대하였나이다."

"끄응!"

여섯 여인이 공손히 고개 숙여 예를 갖추었건만 현수는 나직한 침음을 토했다. 고개를 숙이면서 자연스레 앞섶이 벌어져 열두 개의 수밀도를 보아야 했기 때문이다.

이전에 부착시킨 항온마법진이 문제이다.

바깥은 쌀쌀하지만 이곳은 온실 속처럼 따뜻하다. 하여 얇은 옷차림인지라 못 볼 것을 보게 된 것이다.

"소피아! 왕궁으로부터 연락이 있었는가?"

"아직이옵니다."

여섯 여인 모두 현수가 다프네를 찾고 있음을 안다. 그럼에도 조금도 투기의 빛을 드러내지 않고 있다.

마탑주가 아무리 많은 여인을 취하더라도 질투하지 말라는 교육을 받아서이기도 하지만 다프네가 라수스 협곡의 지배자 라이세뮤리안의 딸이라는 걸 알기 때문이다.

인간이 어찌 드래곤의 딸을 상대로 질투 운운할 수 있겠는가! 이곳 아르센 대륙 사람들의 뇌리엔 드래곤은 절대자라는 인식이 박혀 있다. 그렇기에 국력을 기울여 다프네를 찾는 것에 대해 조금의 불만도 없다.

나중에 현수를 모시게 되면 언니가 될 존재라 여기기에 오히려 영광스럽다 생각하고 있다. 조만간 드래곤의 딸과 동급이 되는 날이 올 것이라 생각한 때문이다.

"흐음! 아직도인가?"

"국왕 전하께오서 모든 귀족과 기사, 그리고 변방의 병사들까지 총동원하여 이 잡듯 뒤지고 있다 하옵니다. 곧 좋은 소식이 있을 것이니 너무 심려치 마시옵소서."

"…알겠소."

현수가 고개를 끄덕일 때이다.

쪼르륵! 쪼르르륵—!

누군가의 뱃속이 비었다는 뜻이다. 물론 현수는 아니다. 아무튼 장본인이 누군지는 금방 밝혀진다.

털썩—!

"죄, 죄송하옵니다."

바닥에 무릎 꿇고 고개를 조아린 여인은 화이트 후작의 딸 마샤이다. 여섯 여인 중 가장 나이가 많다.

그래 봤자 21살일 뿐이다. 그러고 보니 제시카 알바와 흡사하다. 다른 점이 있다면 금발이고, 더 하얗다는 것이다.

몸매도 아주 잘 빠져서 지구를 기준으로 보자면 엄청 섹시해 보인다.

"배가 고픈가 보네."

"…죄송하옵니다. 소녀가 마탑주님의 심기를 어지럽혔사옵니다. 이곳 헥사곤의 규칙에 따라 채찍형으로 저의 죄를 씻겠사옵니다."

"규칙? 채찍형……?"

현수가 대체 무슨 뜻으로 한 말이냐는 표정을 지으며 누구든 대답해 달라는 표정을 짓자 소피아가 나선다.

"위대하신 분에게 무례했거나 죄지은 자는 채찍형으로 다스리라는 것이 헥사곤을 설립하신 선대 국왕과 선대 영광의 마탑주님의 뜻이옵니다."

기다렸다는 듯 소피아의 말에 토를 단 것은 아그네스이다.

"지금 같은 경우는 채찍질 열 번에 해당되옵니다."

"마탑주님의 이맛살이 찌푸려지셨으니 가시 박힌 채찍이어야 하옵니다."

말을 마친 소피아는 걱정스런 눈빛으로 마샤를 바라본다. 그 아픈 채찍질을 어찌 감당하겠느냐는 뜻이다.

"참아야지요. 아프겠지만 죄를 지었으니 제가 감당해야만 할 일이니까요."

체념한 듯한 마샤에게 이사벨과 나오미가 다가선다.

"세 대는 제가 대신할게요."

"저도 언니 대신 세 번 할게요."

"……!"

죄라고도 할 수도 없는 일 때문에 스스로 가시 박힌 채찍질을 가해야 한다는 것도 이상하지만 대신 감당하겠다는 것도 이상하여 현수는 셋을 바라보았다.

이때 냉랭한 표정의 소피아가 나선다.

"그렇게는 안 되지요."

"……!"

모두의 시선이 쏠리자 소피아는 기다렸다는 듯 좌중을 둘러보곤 입을 연다.

"잊었나요? 우리는 공동운명체예요. 다 같이 한결같은 마음으로 오로지 마탑주님만을 위한 삶을 살아야 해요."

"……!"

아무도 대꾸하지는 않았지만 모두가 고개를 끄덕인다. 소피아 공주가 한 말이 맞기 때문이다.

"마샤 언니가 실수한 거 맞아요. 마탑주님이 인상을 찌푸리셨으니 규칙상 열 번의 채찍질을 해야 하는 것도 맞아요."

모두가 동의한다는 듯 고개를 끄덕인다. 이때 소피아 공주의 말이 계속되었다.

"그런데 열을 육으로 나눌 수는 없어요. 그러니 다 같이 두 번씩 하기로 해요."

소피아 공주의 말이 끝나자 한 살 많은 아이리스 공주가 고개를 끄덕인다. 평상시엔 별로 사이가 좋지 않았다.

소피아는 제1왕후의 딸이고, 아이리스는 제2왕후의 딸인데 모친들이 앙숙 관계인 때문이다. 하여 아드리안 왕궁에선 궁중 암투가 심심치 않게 벌어지곤 했다.

둘 다 누구나 인정할 정도로 빼어난 미모였기에 헥사곤 오브 이실리프에 들어와 있지만 모친의 영향으로부터 자유로운 것은 아니다.

하여 평상시엔 서로 데면데면하게 지냈다.

하지만 지금은 아니다. 전적으로 소피아의 말이 옳기에 편을 들고 나선 것이다.

"저는 찬성이에요."

아이리스가 크게 외치자 나오미는 고개를 끄덕인다.

"저도 찬성이에요. 마샤 언니만 그럴 순 없지요."

"저도 찬성이랍니다. 사실 마샤 언니가 배고픈 이유는 저 때문이에요. 제가 배가 고파서 언니 걸 빼앗아 먹었거든요."

나오미의 말이 떨어지자 필립스 공작의 손녀 이사벨 역시 한마디 거든다.

"채찍 준비는 제게 맡겨두세요. 제가 기르는 선인장의 가시를 뽑아서 만들게요."

이사벨은 아주 결연한 표정이다.

제대로 된 가시 박힌 채찍을 만들고, 한 대만 맞아도 정신이 번쩍 들 정도로 강하게 채찍질을 하려는 모양이다.

마샤는 본인의 배에서 난 소리 때문에 동생들 모두가 나서자 고맙고 미안했다.

규칙은 규칙이니 두 대씩 나눠서 맞는 게 맞다. 그런데 채찍형은 생각보다 많이 아프고, 흉터가 남을 수 있다.

하여 우려 섞인 표정으로 동생들을 바라보고 있다.

이때 현수가 나섰다.

"잠깐!"

"네! 마탑주님!"

"네, 주인님!"

"말씀하소서, 위대하신 존재시여."

"끄응!"

현수는 나직한 침음부터 토했다.

아주 짧은 시간 동안 자신을 바라보곤 고개를 숙인 여섯 여인의 눈빛이 예사롭지 않은 때문이다.

마치 신이라도 바라보는 듯 극도의 공경심이 담겨 있다.

죽으라는 말을 하면 서슴지 않고 자신의 목을 그을 정도로 맹목적으로 보이기도 했다.

실제로도 그러하다.

이곳 헥사곤 오브 이실리프의 모든 인원에게 있어 현수의 말 한 마디는 신이 내리는 명령과도 같다.

따라서 죽으라는 말을 하면 두말하지 않고 명에 따라야 한
다. 그게 이곳만의 율법이기 때문이다.

이를 어길 경우 헥사곤 오브 이실리프 바깥의 모든 가족들
까지 악영향이 미친다.

귀족은 작위를 잃음은 물론이고, 전 재산이 몰수된다. 그리
고 노예가 되어 타국에 팔려가게 된다.

적어도 아드리안 왕국에서 이실리프 마탑주는 신과 동급
이기 때문이다. 이러니 현수의 명을 따르지 않고는 배길 수
없는 것이다.

현수는 사태의 발단이 된 마샤에게 시선을 주었다.

"마샤!"

"네! 주인님."

자신의 모든 것을 언제든지 내줄 수 있기에 마샤의 눈빛은
촉촉했다. 아직 어린 소피아나 아이리스는 보여줄 수 없는 섹
시함이 느껴진다.

'헐……! 아, 이런 미친……!'

순간적으로 마샤의 눈빛에 마음이 흔들렸던 현수는 자신
의 실수를 깨닫고 얼른 자세를 바로 했다.

"우리 뭐 좀 먹을까?"

"네에……?"

느닷없는 말에 화들짝 놀란 듯 눈이 커진다.

마샤의 하나뿐인 오라비 장 자크 드 화이트(Jean Jacques De White)는 수도 멀린에서 가장 유명한 바람둥이이다.

참고로, 18세기 때 이탈리아 최고의 모험가이자 성직자이며 작가, 군인, 첩자, 외교관이었으며, 최고의 바람둥이였던 카사노바(Giovanni Giacomo Casanova)의 별명이 장 자크이다.

아무튼 젊은 시절의 브래드 피트를 꼭 빼닮은 자크는 수많은 귀족가 여인의 마음을 빼앗아 상사병을 앓게 했다.

자크가 마음에 드는 여인을 꼬실 때 가장 잘 쓰는 말이 바로 '우리 뭐 좀 먹을까?'이다.

자크는 잘생긴 얼굴, 빼어난 신체조건, 그리고 후작가의 장남이라는 배경과 일찌감치 소드익스퍼트 초급에 올라 정식 기사 작위까지 받은 것을 두루 활용할 줄 아는 인물이다.

게다가 누구라도 현혹될 화려한 언변까지 갖췄기에 어떤 여인이라도 꼬실 수 있다는 자부심을 가졌다.

이 말은 사실이다. 꼬시려고 마음먹었는데 실패한 경험이 전무하기 때문이다.

히여 명실공히 당대 최고의 바람둥이라는 소리를 듣는다.

하지만 자크를 비난하는 목소리는 거의 없다.

여자들의 눈에 자크는 한국으로 치면 장동건, 정우성, 원빈, 조인성, 송승헌의 장점만 취합해 놓은 사람이다.

하여 그에게 간택되기만 하면 평생을 호의호식하며, 행복하게 살 것이라는 환상 속에 잠기게 한다.

몸만 빼앗고 나 몰라라 했으면 악감정이라도 품겠지만 자크는 그럼 의미의 바람둥이는 아니다.

마음만 빼앗고, 가능성만 보여줄 뿐 성적으로 유린하지는 않는다. 그렇기에 자신을 불러주지 않는 것에 대해 반감이 없는 것이다.

아무튼 마샤는 자크의 하나뿐인 여동생이기에 오라비의 이런 모습을 많이 봤다. 그런데 오라비의 전매특허라 할 수 있는 느끼한 말이 현수의 입에서도 나왔다.

이 순간 마샤의 뇌리는 텅 비어 버렸다. 오라비인 자크 따위는 상대도 되지 못할 만큼 모든 방면에서 뛰어난 마탑주가 둘만의 오붓한 시간을 갖자는 뜻으로 들린 때문이다.

하여 저도 모르게 평소의 조신함을 잃어버렸다.

"조, 좋아요! 근데 뭐 먹어요?"

"글쎄……! 뭐가 좋을까? 으음, 파스타가 어떨까? 여자들이 좋아하잖아. 마샤! 알리오에올리오, 봉골레, 카르보나라 중에서 골라. 내가 맛있게 해줄게."

"네? 그게 뭐예요?"

현수는 지구의 요리를 고르라고 한 자신의 실수를 깨달았다. 마샤를 제외한 나머지 여인들은 고개를 갸웃거린다.

이들 중 최하가 후작가 출신이다.

그런데 한 번도 들어보지 못한 괴상한 요리명에 세상에 그런 것도 있나 하는 표정이다.

"아! 그건 말이지……. 알았어, 내가 종류별로 만들어줄 테니 일단 한번 먹어봐."

말을 마친 현수는 밖으로 나가 취사용 컨테이너를 꺼내려했다. 그런데 아공간에 없다.

그건 로니안 공작 일행이 사용하는 중이기 때문이다.

그렇다 하여 못 만들 이유가 없다.

아공간에 담겨 있던 것들 중 필요한 기구를 꺼내 식탁과 조리대를 만든 후 즉시 요리를 시작했다.

소피아를 비롯한 여섯 여인은 물론이고, 최측근에서 이들의 시중을 들어주는 열두 명의 시녀까지 숨소리를 죽인 채 파스타가 만들어지는 과정을 보고 있다.

'딱—!' 소리와 더불어 휴대용 가스버너에서 새파란 불길이 솟아나자 감탄사를 터뜨린다.

1.8리터짜리 생수병을 꺼내 냄비 속에 물을 붓자 또 감탄사를 터뜨린다.

물이 아니라 맑고 투명한 페트병을 보고 놀란 것이다.

해산물을 볶을 때는 화이트 와인을, 육류를 볶을 때는 레드 와인을 이용하여 화려한 불쇼를 보여주자 입을 딱 벌린다.

그간 요리를 많이 해서 그런지 현수의 팬 잡는 실력은 웬만한 쉐프 부럽지 않아 보였다.

아무튼 재빠른 솜씨로 이 팬, 저 팬으로 봉골레와 카르보나라, 그리고 알리오에올리오와 아마트리치아나, 스콜리오, 알프레도, 볼로네제 파스타를 만들어냈다.

이것만 먹으면 느끼할 수 있기에 상큼한 맛을 내줄 오렌지주스와 포도주스를 꺼내 크리스털 잔에 따랐다.

물론 시원한 생수도 따라 놨다.

소피아를 비롯한 여인들은 아공간에서 나온 크리스털 잔을 넋을 잃은 채 바라본다.

이곳 아르센에도 유리는 있지만 천연 유리만 존재한다. 아직 유리를 제조할 기술이 없는 때문이다.

참고로 천연 유리는 비결정성 무기물질로 마그마가 빨리 냉각될 때 생성된다. 그래서 소량만 생성되기에 이곳에선 유리도 당당한 보석 대접을 받는다.

여인들은 주먹보다도 큰 보석을 정교하게 깎아서 만든 게 눈앞의 크리스털 잔이라 생각하고 있다.

이곳에선 보물 중에서도 특A급이다.

아드리안 왕궁에도 유리잔은 있다. 다만 눈앞의 것처럼 맑고 투명한 것이 아니라 뿌연 녹색이다.

이것은 일 년에 한두 번 정도 사용된다. 선대 왕들을 추모하는 예를 올릴 때 제기의 용도이다.

"자아! 식으면 맛이 없으니까 다 같이 먹지."

현수는 세팅해 둔 길다란 식탁 위에 조리된 파스타들을 올려놓았다.

"자! 여기 있는 이것으로 이렇게……."

현수는 조리용 집게로 파스타를 덜어 오목한 접시에 올려놓은 후 포크로 돌돌 말아 먹는 모습을 보여주었다.

여인들 모두 현수가 하는 것을 유심히 살펴보고는 알았다는 듯 고개를 끄덕인다.

"각각의 맛이 다를 테니까 조금씩 덜어서 먹도록!"

"네! 마탑주님!"

"감사히 먹겠습니다, 주인님!"

저마다 한 마디씩 하고는 접시에 파스타를 덜었다.

이곳 사람들은 지구인에 비해 섭취량이 많다.

지구보다 육체적으로 더 많이 움직여야 하므로 에너지원이 더 필요한 때문이다.

현수가 가장 먼저 각각의 파스타를 조금씩 덜어냈다. 시범을 보여준 것이다.

여인들도 현수를 따라 파스타를 접시에 담았는데 양 조절을 잘못해서 그러는지, 배가 고파서 그러는지 수북하다.

현수가 먼저 봉골레를 맛보자 모두가 음미하듯 맛을 본다.

"어머! 고소해요."

"흐으음! 세상에……! 너무 부드러워요."

"어쩜, 어떻게 이렇게 맛이 있죠?"

"우와아! 역시 주인님께서 만드신 건 달라요."

전에도 이들을 위해 음식을 만들어준 바 있다. 헥사곤에 처음 왔던 날이다. 그때의 메뉴는 피자와 만두였다.

당시 헥사곤의 여섯 여인뿐만 아니라 이들의 시중을 위한 시녀 144명 전부와 경계근무 중인 기사와 병사 150명까지 이것을 맛보았다.

그리고 한국 도자기에서 만든 로얄오차드 뷔페 세트 접시까지 하나씩 하사했다.

이들에게 지구에서 만든 물건들은 대단히 세련되고 기품 있어 보인다.

웬만한 귀족가에도 없을 귀품인 때문이다.

당시 하사받은 접시들은 왕실 주방에서 사용한다. 왕궁에서 높은 값을 치르고 모조리 수거해 간 것이다.

덕분에 이곳 사람들 모두 횡재했다. 하나당 20골드씩 지불했으니 한국 돈으로 2,000만 원이나 된다.

접시값치곤 상당히 비싸다.

아무튼 그때와 음식의 종류가 바뀌었으니 당연히 맛도 다르다. 같은 점이 있다면 너무 맛있다는 것이다.

쩝, 쩝! 후르륵! 쩝쩝! 후르륵! 후룩! 쩝, 쩝, 쩝!

여인들은 환상적인 맛에 반하기라도 했는지 정신없이 먹는다. 습관처럼 몸에 배어 있던 우아함은 잠시 누군가에게 맡긴 듯 허겁지겁 먹고 있다.

고소하고, 부드럽고, 달콤한 때문이다.

결정적인 것은 입에 딱 맞는 간과 맛이다. 그러던 준 마샤가 고개를 갸웃거린다. 손에 들고 있는 포크 때문이다.

"공주님! 이거 혹시 미스릴로 만든 거 아닌가요?"

"어머! 정말…… 세상에 그 귀한 미스릴로 이런 걸……."

세상 마법사들의 정점에 서 있는 마탑주이니 충분히 가능한 일이다. 아리리스와 이사벨, 그리고 아그네스와 나오미 역시 화들짝 놀라는 표정을 짓는다.

한 치의 오차도 없이 완벽하게 똑같은 포크들이 수북하게 쌓여 있으니 어찌 놀라지 않겠는가!

그러고 보니 스테인리스로 만든 그릇들이 즐비하다. 조리할 때 쓰던 것이다. 스테인리스라는 걸 모르니 이곳 사람들 눈에는 미스릴로 보인다.

그러나 놀라는 데 걸린 시간은 불과 1~2초이다. 다시 파스타를 먹느라 여념이 없어진 때문이다.

그러는 동안 고소한 냄새를 맡았는지 헥사곤의 모든 시녀가 기웃거린다. 현수는 시녀들도 손짓으로 불러들였다.

그리곤 각자 먹을 만큼 접시에 담아주었다.

모두가 폭풍흡입을 하는 동안 헥사곤 밖에서 경계근무를 서는 기사와 병사들을 위한 샌드위치를 만들었다.

두툼한 냉동 패티에 히팅마법을 걸자 금방 입에서 침이 나올 맛있는 냄새가 난다. 다음엔 물속에 담긴 계란에 히팅 마법과 타임패스트 마법을 걸어 5초 만에 삶아냈다.

베이컨 햄, 옥수수 콘, 마요네즈, 허니 머스타드, 양상추, 양파를 꺼내 준비를 갖춘 후 샌드위치를 만들기 시작했다.

잠시 후, 마샤가 다가와 돕기 시작하였다. 힐끔 바라보니 먹다말고 온 모양이다.

"마샤! 이건 나 혼자 해도 되니까 가서 먹어."

"아니에요. 하늘같은 주인님께서 어찌 혼자 이런 일을 하십니까. 제가 돕도록 해주세요. 네?"

마샤의 모습은 스물한 살짜리 제시카 알바 같다. 이런 미녀가 애원하는 눈빛으로 고개를 끄덕여 달라고 한다.

마음 약해진 현수는 저도 모르게 고개를 끄덕였다.

잠시 후, 나오미도 와서 돕는다.

나오미는 1968년에 개봉된 영화 '로미오와 줄리엣'에 출연하던 당시의 올리비아 핫세(Olivia Hussey)처럼 청순하다.

언니들의 뒤를 이어 먹다말고 일어선 이사벨은 1980년에 개봉된 '블루 라군(The Blue Lagoon)'의 히로인 브룩 쉴즈(Brooke Shields) 같이 늘씬한 미녀이다.

아그네스는 영화 '라붐'에 출연한 프랑스 미녀 배우 소피 마르소(Sophie Marceau)의 전성기 때의 모습과 흡사하다.

아이리스 공주도 질 수 없다는 듯 조리대 앞에 서서 언니들이 하는 것을 따라한다. 2005년에 개봉된 영화 '킹콩'의 여주인공 나오미 왓츠(Naomi Watts) 같은 금발미녀이다.

마지막으로 조리대 앞에 선 것은 이제 16세가 된 소피아 공주이다. 한국식 나이론 18세이다.

나이는 어리지만 모나코의 대공 레니에 3세의 대공비였던 그레이스 켈리(Grace Kelly)같이 우아하고 아름답다.

그러고 보니 꽃밭 속에서 샌드위치를 만들고 있다. 현수의 오른쪽엔 마샤가, 왼쪽엔 나오미가 섰다.

맞은편엔 소피아와 아이리스, 아그네스와 이사벨이 서서 빵 사이에 패티를 넣고 마요네즈를 듬뿍 바른다.

아직 서툰 솜씨인지라 엉망이다. 그런데 그러면 어떤가? 맛만 있으면 된다.

실패를 거듭한 소피아가 뭐라 칭얼댄다. 귀를 기울여보니 이런 소리가 들린다.

"히잉~! 어뜨케, 어뜨케? 히잉, 주인님에게 혼나겠쩌요."

"괜찮아요. 공주님! 주인님은 너그러우시잖아요."

맞은편의 마샤가 작은 음성으로 다독이자 소피아는 더욱 어리광을 부린다.

"히잉~! 그래도 어뜨케 어뜨케. 나 이러다 혼나면 어쩌죠? 주인님에게 엉덩이를 때려달라고 할까요?"

현수의 입가엔 웃음이 배어 있다. 너무 귀여운 앙탈이기에 저도 모르게 지은 미소이다. 이때 아그네스가 중얼거린다.

"헤에! 이거 어쩌지? 큰일이다. 누가 보면 안 되는데."

슬쩍 바라보니 샌드위치 속에 넣어야 할 베이컨 햄이 바닥에 떨어진 모양이다.

슬쩍 현수의 눈치를 보고는 발로 슬그머니 밀어 넣는 듯하다. 이 모습 또한 너무 귀엽다.

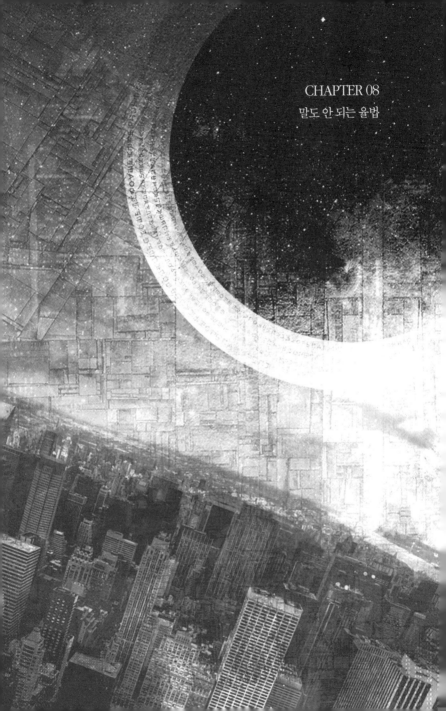

CHAPTER 08
말도 안 되는 율법

"내 고향엔 불교라는 종교가 있어."

"……?"

현수가 입을 열자 모두가 움직임을 멈추고 바라본다. 현수는 이곳에 맞춰 약간 각색하여 이야기를 시작했다.

"불교의 신관 중에 구산이란 분이 계셨는데……."

다음은 현수가 한 말의 요약이다.

어느 날, 조계총림 초대 방장인 구산스님이 공양간에 나타나 이 구석 저 구석을 살피던 중 수채구멍에 밥티 몇 알이 떨어져 있는 것을 보았다.

스님은 바늘을 꺼내 밥티를 하나하나 찍어 먹었다. 이후로 공양간 바닥에 밥티 흘리는 행자가 없었다.

불교에선 한 알의 쌀이 땅에 떨어졌으면 나의 살점이 떨어진 것과 같이 생각하고, 한 방울의 간장이 땅에 떨어지면 나의 핏방울이 떨어진 듯 하라고 한다.

참고로 남한에서 한 해에 버려지는 음식물 쓰레기의 양은 약 500만 톤이다. 만들어진 음식물의 7분의 1 정도 된다.

돈으로 따지면 약 20조 원이다.

한편, 북한의 최소 식량 수요량이 540만 톤이다.

남한이 낭비한 음식물량은 기아에 허덕이는 북한이 필요로 하는 양의 90%가 넘는다.

먼 거리도 아니건만 사는 모습이 너무 다르다.

"조리하다 실수로 떨어뜨릴 수 있어. 흙이 묻었지만 짐승들은 먹을 수 있어. 그러니 발로 비비면 안 되겠지?"

지나가는 말처럼 했지만 당사자인 아그네스의 두 볼은 금방 빨개진다. 자신의 행동을 현수가 보았다는 걸 알기 때문이다. 하여 뭐라 말을 하려는데 이사벨이 먼저 입을 연다.

"히잉! 죄송해요. 다시는 안 그럴게요. 잘못해쩌요."

"……!"

현수의 시선을 받은 이사벨은 손을 모아 싹싹 비는 시늉을 한다. 베이컨 햄이 두 장이나 떨어지자 슬쩍 흙으로 덮었는데 그걸 들켰다 생각한 것이다.

이사벨은 고개를 숙인 채 살짝 시선만 올려보며 울상을 짓는다. 리즈시절의 브룩 쉴즈가 이러니 어찌 야단을 칠 수 있겠는가!

"괜찮아, 앞으로 안 그러면 돼, 알았지?"

"네! 근데 저 채찍질 열 번 해야 하는 거죠? 히잉, 아프게따. 으뜨케 으뜨케! 언니들, 동생들 미안해요."

"……!"

마탑주가 잘못했음을 지적했으니 채찍질 열 번이 맞다.

하여 마샤가 고개를 끄덕일 때 이사벨이 모두에게 일일이 시선을 주며 미안하다는 표정을 짓는다.

공동운명체이니 또 두 대씩 나눠서 맞아야 하기 때문이다.

"근데 그 율법이란 건 대체 누가 정한 거지?"

현수의 말에 마샤가 대답한다.

"헥사곤 오브 이실리프가 조성될 때의 공왕, 아니, 국왕께서 영광의 마탑주님과 협의해서 만드셨다고 해요."

"그래? 이거 끝나면 내가 그걸 볼 수 있으면 좋겠군."

"네! 제가 찾아서 보여드릴게요."

마샤의 말에 현수는 고개를 끄덕이고는 마저 샌드위치를 만들었다.

'근데 대체 율법을 어떻게 정해놨기에 툭하면 채찍질 열 번이라고 하는 거야?

헥사곤 오브 이실리프가 조성된 이유는 세상 모든 마탑 위에 우뚝 선 이실리프 마탑주를 잡아놓기 위해서이다.

마탑주가 공국에 머무는 한 안전하며, 마법사 양성이 쉬워질 것이라 생각한 것이다.

모든 것이 조성되었을 때 공왕과 영광의 마탑주는 율법을 만들면서 후손들이 자의적으로 고칠 수 없도록 몇 가지 래칫(Ratchet)조항을 심어두었다.

래칫이란 한쪽 방향으로만 회전하고 반대방향으로는 회전하지 못하게 하는 기계장치를 뜻한다.

일상생활에서 자주 쓰이지 않던 이 말은 2007년 5월 25일에 공개된 한·미 FTA(Free Tex Agreement) 협정문 내용으로 인해 널리 알려졌다.

이것의 내용을 살펴보면 한 번 개방된 수준은 어떤 문제가 발생해도 취소할 수 없다는 '래칫조항' 이 들어 있다.

쉽게 설명하자면 더 좋은 결과를 얻기 위해 시장을 개방했는데 전보다 상황이 악화되는 경우가 발생될 수 있다.

이럴 경우 FTA 이전으로 돌아가길 원할 것이고, 그러려면 재협상을 요구해야 하는데 이런 행위를 절대 용납할 수 없다는 것이 한·미 FTA의 래칫조항이다.

조금 더 설명하자면 아무리 많은 문제가 발생해도 한 번 개방한 것은 계속 그 이상을 유지해야 한다는 것이다.

예를 들어, 쌀 농가가 완전히 망하고, 의료보험 민영화로 인해 서민들이 아무리 큰 피해를 본다고 해도 다시는 원상으로 되돌릴 수 없다.

한때 유럽 전역을 풍미했던 로마가 망한 이유는 식민지에서 운영하던 대농장 라티푼디움9) 때문이다.

여기서 들여온 값싼 농산물 때문에 로마의 자영농이 몰락했다. 그 결과 로마 병사의 주를 이루었던 농민이 빈민으로 몰락하자 로마의 군대는 점점 약해졌다.

이에 로마의 지도자들은 국경에 터 잡고 살던 게르만족을 용병으로 쓰기 시작했다.

세월이 흐르자 로마인 병사보다는 게르만인 병사가 많아지는 결과가 초래했고, 결국 로마는 게르만족 용병대장 오도아케르10)에 의해 멸망당했다.

이렇기에 한 · 미 FTA 협정문의 래칫조항이 심하게 우려되는 것이다.

어쨌거나 헥사곤 오브 이실리프의 율법엔 절대 수정될 수 없는 조항들이 있다.

다음은 마탑주가 왕림한 이후의 내용 중 하나이다.

---

9) 라티푼디움(Latifundium) : 고대 로마시대의 대토지 소유제도.
10) 오도아케르(Odoacer) : 서로마제국을 멸망시킨 후 이탈리아 왕이 된 인물.

· 헥사곤 오브 이실리프의 안주인으로서 마탑주의 후세를 잉태하지 못한 여인은 26세가 되는 날 옐림의 씨앗 3개를 복용하여야 한다. 이 율법을 어길 시 당사자의 일가 모두의 작위를 박탈하고, 전 재산을 몰수하여 국유재산에 편입시키며, 당사자를 포함한 남녀노소 모두 참형에 처한다. 다만 당사자가 왕가의 공주일 경우엔 본인만 처형한다.

이 항목은 마탑주의 권위로도 수정 불가하다.

참고로 옐림은 아드리안 왕국 내에 위치한 습지에서만 자생하는 식물로서 지독한 독성을 가졌다.

잎사귀의 끝이 톱날 같은데 스치기만 해도 중독된다. 즉시 치료받지 않으면 10일 이내에 사망한다.

오우거에게 잎사귀 한 장을 먹이면 창자가 끊어지는 듯한 통증을 느끼게 되어 발버둥 치다 죽는다.

씨앗엔 가장 강력한 독성물질이 내포되어 있으며, 한 알을 열 개로 쪼갠 것만으로도 오우거를 죽일 수 있다. 이런 것을 세 개나 먹으라 함은 확실하게 죽으라는 뜻이다.

이것을 거부할 경우 본인은 물론이고 일가친척 모두가 패가망신하게 해놓았다.

다시 말해 마탑주가 오면 무조건 임신하라는 것이다. 물론 마탑주가 고자라는 것이 입증될 경우 예외이다.

현수는 당연히 고자가 아니다. 따라서 소피아를 비롯한 여섯 여인 모두 임신하지 못하면 목숨을 잃는다.

소피아와 아이리스는 공주이니 본인들만 죽겠지만 아그네스와 이사벨, 그리고 나오미와 마샤는 일가붙이 전부가 죽는 것을 지켜보아야 한다.

당사자 처형은 가장 마지막에 이루어지기 때문이다.

가장 나이가 많은 마샤가 21세이니 아직 5년 가까이 시간이 있지만 그 안에 수태하지 못할 경우 참담한 결과와 직면해야 할 것이다.

이실리프 마탑주가 나타나지 않던 동안엔 헥사곤에 가문의 여식이 들어가는 것을 지극한 영광으로 알았다.

국가에서 공인한 미녀라는 의미이기 때문이다.

게다가 들어가기만 하면 최상의 교육을 받아 교양과 예의범절 등에 모범이 될 재원으로 성장했다.

그렇기에 헥사곤을 나올 때 혼기를 훌쩍 넘긴 나이가 되지만 고위 귀족가에서 서로 며느리 삼으려 경쟁했다.

개중엔 왕자비가 되었다가 왕비가 된 여인도 여럿이다.

이뿐만이 아니다.

여식이 헥사곤에 머무는 동안엔 웬만한 일로는 처벌조차 받지 않았다. 하여 경쟁률이 치열했다.

그런데 현수가 등장했다.

몇백 년 만에 나타난 마탑주인지라 아드리안 공국에선 엄선에 엄선을 거듭하여 최고의 미녀들로 채웠다.

다시 말해 헥사곤의 여섯 미녀는 아드리안 왕국 최고의 미녀이다.

마탑주의 실제 나이는 어떤지 모르지만 겉보기엔 혈기왕성한 청년이다.

늙은 노인이라 하더라도 마다하지 않을 상황인데 청년이니 그야말로 쌍수를 들어 환영할 일이었다.

마탑주가 검버섯이 잔뜩 핀 늙은 노인일 것이라 생각했던 헥사곤의 여섯 여인은 잠을 이룰 수 없었다.

맺어지기만 하면 그야말로 가문의 영광이고, 본인에겐 부귀영화의 길이 활짝 열리는 셈이기 때문이다.

이때까지만 해도 모두들 꿈에 부풀었다.

마탑주가 가문과 인연이 되면 막대한 혜택이 주어질 것이라 생각한 것이다.

그런데 전혀 예상치 못한 상황이 발생되었다.

헥사곤에 처음 방문했던 날 현수는 말도 없이 사라졌다. 그리고 한참 동안 나타나지 않았다.

각 가문에선 일 년에 딱 두 번밖에 신청할 수 없는 면회를 신청했다. 어떤 일이 빚어졌는지 궁금했던 것이다.

물어보니 현수는 그녀들에게 아무런 관심도 보이지 않았

다. 미녀 보기를 돌처럼 여긴다는 평가였다.

그날 이후 로레알 공작가와 필립스 공작가, 그리고 할렌 후작가와 화이트 후작가는 조바심을 내고 있다.

각 가문에서 배출한 헥사곤 오브 이실리프의 안주인이 마탑주의 후세를 잉태하지 못할 경우 멸문지화를 당하기 때문이다.

어쨌거나 경비기사와 병사들 모두가 샌드위치와 오렌지주스로 배를 불릴 즈음 현수는 여섯 여인과 더불어 '세상의 중심'이란 이름이 붙은 집무실 소파에 앉아 있었다.

여섯 여인을 위한 고풍스런 엔틱 소파 6개와 현수 본인이 쓸 푹신한 의자이다.

옥시온케리안으로부터 사기 쳐서 가져온 나무 의자에 푹신한 방석과 쿠션을 사용하니 너무도 멋지다.

헤이즐넛 커피를 한 잔씩 타서주니 냄새가 너무 좋다며 한바탕 요란을 떨고는 이내 조용해졌다.

현수가 율법서를 읽기 시작한 때문이다.

"흐음! 이건 수정해야겠군."

마탑주의 심기를 이지럽혀 이맛살이 찌푸러지면 채찍형 10대, 크게 잘못을 지적받으면 20대, 화를 내면 30대, 크게 화를 내면 50대에 처하도록 되어 있다.

가시 박힌 채찍으로 맞으면 여인의 연약한 살갗은 금방 너덜너덜해진다. 30대를 넘으면 과도한 실혈로 인한 사망에 이를 수도 있다.

밤에 잠자리를 하려 했는데 생리를 하는 상황이면 채찍질 10대, 마탑주가 만족해하지 않으면 20대, 짜증을 내면 30대이다. 잠자리에서 쫓겨나면 50대에 처해진다고 되어 있다.

"쯧, 쯧, 쯧!"

율법서를 읽으면서 현수는 나직이 혀를 차지 않을 수 없었다.

마탑주는 신과 동급이고, 헥사곤의 여인들은 오로지 그를 위해 존재하는 미물이나 다름없는 것으로 생각하기에 이런 것이 만들어졌다 생각한 때문이다.

여인들의 인권이란 건 아예 존재하지 않았다.

방귀를 뀌는 것도 처벌받고, 트림을 해도 그러하다. 하품하다 들켜도 채찍질을 가하도록 되어 있다.

오로지 마탑주와의 잠자리를 통해 훌륭한 인자를 가진 2세들을 무수히 태어나게 하는 임무에 대한 당위성 등만 잔뜩 기록되어 있다.

"주인님! 뭐, 마음에 안 드는 거라도 있으신지요?"

주인님이란 호칭은 노예가 자신을 부리는 이를 지칭할 때 사용되는 언어이다. 그런데 방금 전 현수에게 '주인님'이라 불렀던 여인은 2공주인 아이리스이다.

왕궁에선 누구나 우러르는 공주이지만 마탑주에겐 하룻밤 쾌락을 위한 성노나 다름없음을 스스로 인정한다는 의미로 주인님이라 부르는 것이다.

"이 율법서는 이 시간부로 폐기한다."

현수의 말이 떨어지자 마샤가 고개를 젓는다.

"그건 불가한 일이옵니다, 주인님!"

"맞습니다. 마탑주님이라 할지라도 율법서의 자구를 수정할 수 없음이 명확하게 명기되어 있습니다."

필립스 공장의 손녀 아그네스 역시 고개를 가로젓는다.

"그대들은 마탑주인 내가 국왕이나 영광의 마탑주보다 낮다 여기는가?"

"네? 그, 그건……!"

현수의 시선을 받은 나오미는 대답할 말이 궁색해졌다.

아드리안 왕국법에 따르면 마탑주는 국왕과 대등한 존재이다. 영광의 마탑은 스스로를 이실리프 마탑의 휘하임을 드러냈다. 이는 예전부터 인식되어 있던 일이다.

따라서 예전의 공왕과 예전의 영광의 마탑주가 율법서를 고칠 수 없다고 했지만 현수는 고칠 권한이 있다.

더 높은 존재이기 때문이다.

그렇기에 나오미 등의 얼굴은 창백해져 있다.

율법서가 사라지면 이곳 헥사곤은 무법천지가 된다. 어떠한 잘못을 저질러도 처벌한 근거가 사라진다는 뜻이다.

늘 율법에 맞는 생활을 하도록 강요를 받았기에 불안한

것이다.

"그, 그럼 어떻게 고치시려구요?"

소피아 공주가 용기를 내어 묻는다. 그래서 그런지 약간은 긴장된 표정이다.

"이것과 이것, 그리고 이것과 이것, 이것과 이것은 즉시 삭제한다. 그리고 이것과 관련된 것은 소급하여 적용한다."

현수가 손으로 율법서들을 짚자 여섯 여인 모두 고개를 들이민다.

대체 어떤 것을 없애라는 것인지 궁금한 때문이다.

현수가 가장 먼저 짚은 것은 임신을 못 했을 때 가문의 작위를 박탈하고, 전 재산을 몰수하며, 일가붙이 전부를 참형에 처한다는 내용이다.

이 내용이 삭제되지 않으면 현수는 여섯 여인 전부를 임신시켜야 한다. 그런데 현수는 더 이상의 여인을 거둘 마음이 없다.

지구에선 셋을 취했고, 이곳에는 다섯이나 대기하고 있다. 여기에 여섯이나 더 추가한다는 생각을 하니 끔찍하다.

어쩌다 전능의 팔찌를 얻어 지구 유일의 마법사가 되고, 멀린의 요청을 받아 이곳에 와서 위저드 로드에 그랜드 마스터까지 되었다.

이곳에서 보낸 시간이 꽤 되지만 현수의 정신 자체는 지구인이다. 인연을 맺기로 한 다섯 중 케이트와 다프네는 드래곤 들과의 관계, 그리고 자치령 때문에 엮어진 사이이다.

이들 둘을 더 거두기로 한 것도 한동안 마음에 걸렸었다.

서로가 좋아서 맺어지는 것이 아니라 어느 한쪽의 강요에 의한 맺어짐이기 때문이다.

한국의 풍습 중에는 누군가의 소개로 결혼적령기의 남녀 가 만나 연애기간 없이 곧바로 결혼생활에 돌입하게 하는 것 이 있다.

마담뚜의 중개로 호텔 커피숍에서 선을 보고 불과 몇 개월 만에 결혼하는 것이 이에 해당된다.

같이 살기 시작하면서 불협화음이 이는 경우도 있지만 서 로를 더 깊이 알게 되면서 없던 사랑이 싹트는 경우도 많다.

케이트와 다프네는 아름답고, 영리한 여인들이다. 게다가 순종적이며, 현숙할 것이다.

그렇기에 선보고 하는 결혼이라 여기기로 마음먹었다. 그 런데 헥사곤의 여섯 여인은 선이라고도 할 수 없다.

자신을 위해 정성스레 준비해 놓은 밥상이니 언제든 먹고 싶을 때 먹으라는 것과 같다.

어떠한 경우라도 반항은 허용되지 않고, 거절도 할 수 없는 100% 순종만 강요된 상대이다.

헥사곤에 들어와 있는 여인들은 가족 이외의 사내들과의

접촉이 전무한 상태이다.

얼마 전, 마탑주를 만나기 위해 국왕이 방문했었다.

소피아와 아이리스에겐 부친이고, 아그네스와 이사벨에겐 고모부이니 가족 이외의 사내라고 할 수 없다.

그때 나오미와 마샤는 율법에 따라 자신의 거처에 머물고 있었다. 국왕이라 할지라도 가족 이외의 남자이니 나오미와 마샤는 나올 수 없었던 것이다.

모두들 이 안에서 호의호식하며 잘 지냈겠지만 어찌 보면 불쌍하다.

현수가 거두지 않으면 만 26세가 되는 날 헥사곤을 떠나게 된다. 그런데 세상 어떤 사내가 감히 위저드 로드가 품었을지도 모를 여인을 아내로 맞이하려 하겠는가!

현수도 사내이기에 절세미녀인 헥사곤의 여인들을 수없이 품었을 것이다. 그럼에도 잉태하지 못해 헥사곤을 떠났다 생각할 것이다.

그런 여인을 건드리려 하면 마법사와 기사들에 의해 목숨을 잃을지도 모른다. 현수는 그들에게 있어 거의 신과 같은 반열에 위치한 존재이기 때문이다.

아무튼 여섯 여인은 현수가 거두지 않으면 평생을 수절과 부처럼 살게 될 것이다.

그럼에도 아이를 잉태하지 못하면 죽인다는 율법은 너무

가혹하다. 그렇기에 가장 먼저 삭제시킨다 한 것이다.

두 번째로 짚은 건 심기를 불편하게 했을 때 채찍질을 당해야 한다는 항목이다.

이걸 삭제하지 않으면 잠시 후, 여섯 여인이 각기 네 대씩 채찍질을 당하는 모습을 보게 되기 때문이다.

잠자리를 했을 때 만족시키지 못하면 처벌을 받는다는 건 짚지 않았다. 그럴 일은 없을 것이기 때문이다.

이 밖에 짚은 건 여인들의 인권과 관련된 것들이다.

현수의 건강을 체크하기 위해 매일 대소변의 냄새와 맛을 봐야 한다는 내용도 있다.

실제로 조선시대 때의 어의들은 임금의 똥 맛을 보았다. 이는 임금의 건강을 살피기 위함이다.

건강 상태에 따라 똥의 양과 모양, 냄새와 색깔, 묽기가 다르다. 황금색 또는 황갈색 똥은 건강하다는 뜻이다.

검거나 붉으면 각각 위장과 항문 부근의 출혈 가능성이 크다는 것을 의미한다.

검붉으면 대장 위쪽의 출혈을, 갈색이면 적혈구가 파괴되는 자가면역질환이나 간질환을 의심해 봐야 한다.

회색 똥은 담도폐쇄질환 여부를, 녹색 똥은 과민성 대장증후군이나 장염 증상 가능성을 예측할 수 있도록 해준다.

이런 걸 어찌 알았는지 매일 현수의 대소변을 받아 일일이

맛을 보고 기록하도록 되어 있다.

이 기록은 7일에 한 번씩 헥사곤 외부에서 대기하고 있는 약제사에게 보내진다. 탈이 있다 판단되면 적절한 처방을 받도록 하기 위함이다.

아직 결혼도 하지 않은, 그것도 고위 귀족가의 여인들에게 어찌 자신이 싼 똥과 오줌 맛을 보게 하겠는가!

하여 이 항목 삭제를 지시한 것이다.

"주인님! 이건… 이건 주인님의 건강을 위해……."

"내 몸은 바디체인지를 겪으면서 완벽해졌다. 따라서 이런 행위가 무의미하니 삭제하라는 것이다."

"그건 그렇지만 차기 마탑주님은……."

현수가 이사벨에게 시선을 주자 말끝을 흐린다. 할 말 있으시면 하라는 뜻일 것이다.

"내 수명은 앞으로도 1,200년 이상이 남았다."

"네에? 정말이요?"

인간이 어찌 1,200년을 넘게 산단 말인가!

하여 의문스럽다는 표정을 지어 보였다. 그러다 방금 전에 들었던 바디 체인지를 떠올렸다.

깨달음을 얻으면서 신체가 재구성되어 수명이 늘어난다는 소리를 들은 바 있다. 그런데 1,200년이 넘게 늘어나나 하는 생각에 고개를 갸웃거린다.

어쨌거나 국가의 존속기간은 생각보다 길지 않다.

예를 들어, 로마 503년, 무굴 322년, 러시아 421년, 페르시아 221년, 오스만 624년이다.

한반도의 경우를 살펴보면 가야 562년, 백제 678년, 고구려 705년, 신라 992년, 고려 474년, 조선 505년이다.

현수의 기대 수명은 1,300년이다. 이제 서른이니 앞으로 1,270년쯤 더 무병장수한다는 뜻이다.

마탑주의 승계는 마탑주가 죽어야 이루어진다. 지금껏 살아 있는 상태에서 양위된 경우는 없기 때문이다.

너무 노쇠하여 더 이상 움직일 기운이 없게 되면 부탑주가 역할을 대신할 뿐이다.

다시 말해 이실리프 마탑의 제3대 마탑주는 앞으로 1,270년쯤 더 있어야 존재할 수 있다.

1,200년이란 세월 동안 헥사곤 오브 이실리프가 존재할 것이라곤 아무도 예측 못한다.

그사이에 아드리안 왕국 자체가 소멸되거나 멸망당할 수 있기 때문이다. 물론 이실리프 마탑이 있으니 이런 일은 벌어지지 못할 것이다.

현수는 인류 최초이며, 마지막일지도 모를 10서클 마스터이다. 또한 위저드 로드이며 그랜드 마스터인데 누가 감히 아드리안 왕국을 넘보겠는가!

아무튼 몇몇 조항을 짚어 즉시 삭제했다.

마샤는 너무 많이 지우는 것 같아 우려 섞인 음성으로 신중을 당부했다.

연장자다운 말이었지만 가납되지 않았다.

남은 조항을 보니 사이좋게 지내라는 것과 질투하지 말라는 것 정도가 남았다.

가족 이외의 사내들과의 대면을 금지시킨 율법도 삭제되었고, 외출을 금지시킨 것 역시 지워졌다.

그래도 너무 자유분방한 것은 곤란한 문제를 야기시킬 수 있기에 한 달에 2번만 외출이 가능하도록 했다.

오전 8시부터 오후 6시까지만 허용되는데 해가 빨리 떨어지는 겨울엔 일몰시각이 마감시한으로 수정되었다.

"흐음! 이제 되었군. 수정된 율법은 오늘 오전 일출한 시각으로부터 시행되는 것으로 기록하겠다."

"……!"

이런 걸 하게 되면 지금 당장이라든지 혹은 내일부터라든지 할 텐데 시간을 당긴다 하자 의아한 눈빛을 보낸다.

이쯤 되면 저의를 알려주는 것이 편하다.

"따라서 각기 4대씩 맞아야 하는 채찍질은 안 해도 된다."

"아……!"

"감사하나이다, 주인님!"

여인들은 배려받은 것이 감격스러운지 몸을 부르르 떨기까지 한다. 바로 곁에 있던 소피아의 팔엔 소름이 잔뜩 돋아 있다. 주인님의 사랑에 전율을 느낀 때문이다.

이때이다.

쿵, 쿵, 쿵―!

누군가 문 두드리는 소리가 나자 모두의 시선이 쏠린다.

"아뢰옵나이다. 왕궁에서 시종장이 왔사옵니다. 국왕전하의 명을 받들어 마탑주님과의 독대를 청하였사옵니다."

"그래? 알았다. 이곳으로 들라 하라."

"네에, 명을 받자옵니다."

들어오라는 명이 떨어지자 여인들은 일제히 뒷걸음질로 물러난다. 하늘같은 마탑주의 면전에서 물러날 때엔 엉덩이를 보여서는 안 된다는 율법이 있기 때문이다.

여인들이 썰물처럼 사라진 직후 세상의 중심의 문이 스르르 열린다. 하지만 경첩이 없어 마찰음은 있다.

삐이껙―!

"……!"

문이 열린 후 가장 먼저 보인 모습은 누군가의 하얗게 센 머리카락이다. 잠시 후, 60대 중반으로 보이는 백인 사내가 들어선다.

사내는 조심스런 눈길로 주변을 살피다 현수와 눈이 마주

치자 얼른 부복하며 소리친다.

"신, 알베르토 폰 조디악, 위대하신 마법사의 하늘인 마탑 주님을 충심으로 알현하옵나이다."

쿵─!

돌로 이루어진 바닥에 머리 박는 소리가 들린다.

주르륵─!

조심스레 이마를 드는데 예상대로 살이 터져 피가 흐른다.

하여간 이 동네는 과잉충성이 문제이다.

구불구불하게 접어서 박음질을 한 듯한 레이스 잔뜩 달린 앞섶은 금방 붉게 물든다.

"힐─! 워싱! 클린! 이베포레이션!"

말 떨어지기 무섭게 터졌던 이맛살이 봉합된다. 그리곤 선혈로 물들었던 예복이 순식간에 깨끗해진다.

조금 전까지 누런빛이 감도는 흰색이었다면 지금은 완연히 하얀색 쪽에 가깝도록 바뀌어 있다. 세탁마법 덕분이다.

"아……!"

알베르토는 오래 입어 약간은 꼬질꼬질했던 예복이 순식간에 세탁되는 모습에 나지막한 탄성을 터뜨린다.

왕궁에도 마법사들은 있지만 이런 능력은 없을 것이다.

시종장도 귀족이지만 고작 의복 세탁에 마법을 쓰지 않기에 확인되지 않은 일이다.

현수가 아드리안 왕국의 수도 멀린을 찾은 이유는 실종된 다프네의 행방이 확인되었는지 여부를 알기 위함이다.

그런데 모든 정보가 집결되는 왕궁으로 향하지 않고 헥사곤으로 온 이유는 국왕과 대등한 존재이기 때문이다.

현수가 곧바로 왕궁을 찾았다면 삽시간에 난리가 벌어졌을 것이다.

대소신료 전부 현수를 맞이하기 위해 의복을 정제하고 공손히 시립한 채 기다려야 한다.

국왕도 하던 일을 멈추고 현수와의 만남을 준비해야 한다.

모든 왕비와 왕자들, 그리고 공주들까지 왕궁을 찾은 현수에게 예를 갖추기 위한 만반의 준비를 해야 한다.

이것이 마탑주를 맞이하는 예법이기 때문이다.

영광의 마탑은 마탑주와 부탑주를 비롯하여 3서클 이상 마법사 전원이 깨끗하게 세탁된 로브를 걸친 채 도열해 있어야 한다.

이들의 건너편엔 현수가 준 드워프제 아머를 걸치고, 드워프제 검을 치켜든 기사들이 서 있어야 한다.

모든 시종과 시녀, 그리고 왕궁 노예들은 현수가 디딜지 모를 곳에 양탄자와 비슷한 의도로 제작된 깔개를 깔아놓은 채 무릎 꿇고 기다려야 한다.

현수 하나 때문에 왕궁 전체가 한국의 군대에서 흔히 사용하는 용어인 CPX[11]에 걸리는 것이다.

현수의 방문 목적은 다프네의 행방을 알아내는 것 하나뿐이다. 아내 될 여자이니 이는 개인적인 일이다.

따라서 본인으로 인한 번거로움이 타인들에게 미치는 것을 원치 않아 헥사곤으로 온 것이다.

그래도 마탑주가 헥사곤에 당도했다는 것은 즉각 왕궁으로 알려질 것이다. 적어도 아르리안 왕국에선 왕비가 왕자를 낳았다는 것만큼이나 중요한 소식이기 때문이다.

현수가 헥사곤 안으로 들어간 직후 경계근무 중이던 피친트 아델 드 팔리안은 전속력으로 말을 몰았다.

원래 수도에서는 말을 타더라도 속력을 내선 안 된다. 행인이 부상당할 우려가 있기 때문이다.

그럼에도 전속력으로 달렸다.

요란한 소리에 놀란 사람들은 혹시 전쟁이라도 터졌나 싶어 근심스런 표정으로 아델의 뒤를 바라보았다.

그러거나 말거나 아델은 전속력으로 말을 몰아 왕궁으로 향했다. 다행히 아무런 사고도 없었다.

---

11) CPX(Command post exercise) : 작전계획을 위시한 각종 계획의 실행 가능성을 시험하거나, 각급 부대의 지휘관 및 참모들 간의 협동 작업을 발전시키고, 개인적인 전술운영 능력을 배양 혹은 평가하기 위한 목적으로 실시되는 작전훈련.

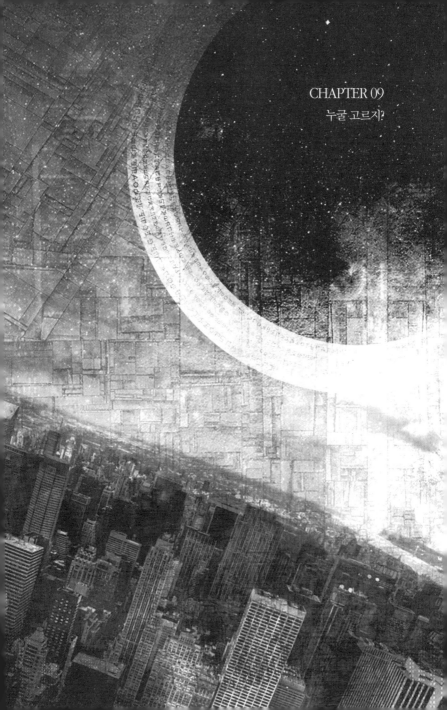

CHAPTER 09
누굴 고르지?

헥사곤과 왕궁은 그리 먼 거리가 아니다. 그렇기에 아델은 금방 왕궁 정문에 다다랐다.

두두두두, 두두두두, 두두두두—!

"헥사곤에서 왔다. 급한 용무가 있으니 모두 비켜라!"

누군가가 말을 몰고 오자 굳은 표정으로 바라보고 있던 왕궁 수문위사들은 아델의 고함에 즉시 썰물처럼 물러섰다.

아델이 걸친 아머는 현수가 지급한 드워프제이다. 독특한 문양과 색상을 가졌기에 한눈에 그걸 알아볼 수 있었다.

게다가 아델의 손에는 깃발 하나가 들려 있다.

헥사곤을 상징하는 이실리프 마탑의 고유한 문장이 그려진 것이다. 이는 아무나 들고 다닐 수 없는 것이기에 즉시 길을 터준 것이다.

그대로 말을 몰아 왕성 안에 들어간 아델은 내성 입구에 다다라서야 하마했다.

안에 있던 사람들은 이실리프 마탑주가 당도했다는 말에 화들짝 놀라며 안으로 달려갔다. 1초라도 빨리 국왕에게 보고해야 하기 때문이다.

현수의 당도 소식을 보고받은 국왕은 즉시 그간 취합한 정보를 정리한 문서를 만들었다. 그러는 동안 누가 헥사곤을 방문할 것인지에 대한 설왕설래가 있었다.

마탑주와 국왕은 대등하다.

일전에 국왕이 먼저 헥사곤을 방문했다. 그런데 또 국왕이 행차를 하면 모양새가 빠진다.

게다가 아무리 짧은 거리라 하더라도 국왕이 행차하려면 많은 수행원이 따라나서야 한다.

번거로울 뿐만 아니라 준비하는 데 시간도 많이 걸린다.

중요한 것은 다프네의 행방에 관한 정보이다.

이걸 빨리 전해줘야 하는데 국왕이 행차하려면 준비하느라 시간이 지체될 수 있다. 그렇기에 국왕을 대신한 귀족이 나서는 것으로 정리되었다.

문제는 누가 가느냐는 것이다.

권력의 실세라 할 수 있는 로레알 공작과 필립스 공작, 그리고 할렌 후작과 화이트 후작은 갈 수 없다.

올해 허용된 두 번의 면회를 이미 사용한 때문이다.

관례대로 연초에 한 번 방문하여 여식 내지 손녀가 잘 있음을 확인했다. 그리고 현수가 왔다 간 직후에도 갔었다.

혹시라도 가연이 있었나 싶어 그걸 확인하고자 했던 것이다. 따라서 올해 허용된 두 번의 방문 모두가 이루어졌으니 가고 싶어도 갈 수 없다.

왕국엔 두 명의 후작이 더 있지만 둘 다 변방의 영지에 가 있다. 그렇다면 백작급이 나서야 하는데 그건 안 된다.

국왕과 대등한 마탑주를 만나러 가는데 백작을 보낼 수는 없기 때문이다. 그러다 적임자를 찾아냈다.

도승지(都承旨) 역할을 하는 국왕의 비서실장이다.

참고로, 도승지는 조선시대 때 승정원에 있던 여섯 승지 중 수석 승지로 왕명을 하달하고, 하의(下意)를 상달(上達)하는 일을 맡았다.

문제는 이 자리가 공석이라는 것이다. 얼마 전 이 자리에 있던 백작이 서거한 때문이다.

그렇기에 보고서와 국왕의 친필 서한이 작성되는 동안 많은 이야기가 오갔다.

그 결과 낙점된 것은 알베르토 폰 조디악 자작이다.

백작보다도 낮은 작위임에도 알베르토로 결정된 것은 지난 40년간 왕실 시종장을 역임한 때문이다.

아무튼 현수의 마법에 살짝 놀란 알베르토는 본연의 임무를 잊지 않았다는 듯 입을 연다.

"위대하신 마탑주님께 국왕전하께오서 전하라 하신 보고서와 친필 서한이 있사옵니다."

"흐음, 그런가? 그렇다면 내주게."

"네! 마탑주님."

무릎을 꿇은 알베르토는 더 이상 공손할 수 없는 표정으로 보고서와 친필 서한을 두 손으로 올린다.

둘 다 두루마리로 만들어져 있는데 하나는 검은색이고, 다른 하나는 붉은색을 띠고 있다.

먼저 펼쳐 든 것은 검은색 두루마리이다.

촤르르륵—!

제법 내용이 많아 두 팔을 약 110°가량 벌려야 했다.

친애하옵는 마탑주님 친전(親展).

아드리안의 국왕 아민 멘데스 폰 아드리안이 전합니다.

지난 만남 이후 아국은 모든 기사와 마법사, 그리고 행정관과 병사들, 국민들까지 총동원하여 위대하신 존재의 혈육이시자 장차 마탑주님의 아내가 되실 분의 행방을 쫓은 바 있사옵니다.

　최종적으로 확인된 바에 의하면 다프네 님은 아국 남단에 위치한 콘트라 영지의 항구에서 '검은 별의 전설'이라는 상선을 탄 것으로 확인되었사옵니다.

　이 배의 목적지는 아국 동쪽에 위치한 라이카 왕국이며, 승선 인원은 선원과 노꾼 포함하여 153명이옵니다.

　다프네 님과 함께 승선한 인원은 모두 열둘로 사내 여섯과 여성 여섯이옵니다.

　출발한 일시는 금일로부터 이십칠 일 전이며, 검은 별의 전설은 사흘 후에 귀항하는 것으로 확인되었사옵니다.

　마탑주님의 아내 되실 분이 아국 영토를 벗어나기 전에 찾아내지 못한 점 죄송하게 생각하고 있사오니 부디 너그럽게 양해하여 주시길 청원하옵나이다.

　"흐음! 27일 전에 파이젤 백작의 영지 콘트라에서 출발을 했다고?"

　현수는 눈빛을 빛내며 콘트라 항의 모습을 떠올렸다. 수많은 상선이 정박해 있던 물류의 중심지 같은 모습이다.

　그곳의 좌표를 알고 있으니 마음 같아선 당장 텔레포트를 하고 싶다. 그래 봐야 배는 사흘이나 있어야 온다.

　검은 별의 전설호는 상선이다. 따라서 수많은 항구를 들를 것이다. 그러므로 어디쯤 와 있는지 전혀 알 수 없는 상황이라 지금 가봐야 아무런 소용도 없다.

게다가 눈앞엔 아직 펼쳐보지 않은 두루마리가 하나 더 있다. 붉은색으로 치장된 이것은 아드리안 국왕이 보낸 친필 서한이라는데 펼쳐보지 않을 수 없다.

이번 것은 검은색보다 더 길어 팔을 150°나 벌려야 했다.

촤르르르르륵―!

펼쳐진 두루마리엔 성품이 느껴지는 정갈한 글씨가 가득 쓰여 있다. 다음이 그 내용이다.

친애하옵는 마탑주님께.

아드리안의 국왕으로서 마탑주님께 소견을 전합니다.

헥사곤 오브 이실리프는 오로지 마탑주님만을 위한 공간입니다. 모든 것이 마탑주님의 소유이오니 부디 오래 머무시면서 마음껏 향유하여 주시기 바랍니다.

우리 아드리안 왕국은 헥사곤 오브 이실리프를 지원하기 위한 만반의 준비를 갖추고 있음을 고지하여 드립니다.

각설하고, 최근 들어 마탑주님께 다섯 분의 배우자가 계심을 알게 되었습니다.

카이로시아 에델만 드 로이어 공녀와 스테이시 아르웬 성녀는 라이셔 제국 출신이시고, 로잘린 로니안 드 테세린 공녀와 케이트 에이런 판 포인테스 공녀는 미판테 왕국 출신이라 알고 있습니다.

마지막으로 중간계의 조율자이시자 라수스 협곡의 지배자이신 라이세뮤리안 님의 혈육이신 다프네 님 또한 미판테 왕국 출신이라 할 수 있겠습니다.

아시다시피 아드리안 왕국은 이실리프 마탑의 창건자이시자 제1마탑주이셨던 아드리안 멀린 반 나이젤 시조님으로부터 연유된 나라입니다.

아국은 이를 기념하고, 이실리프 마탑과의 관계를 돈독히 하기 위해 지난 수백 년간 헥사곤 오브 이실리프를 존속시키려 많은 예산을 들여 지원한 바 있습니다.

이처럼 지난 수백 년간 아국은 마탑과의 관계를 돈독히 하기 위한 노력을 경주한 바 있습니다.

그런데 마탑주께서 아국의 여인과 인연을 맺지 않으시면 타국에서 우리 관계의 균열을 의심할 수 있으니 부디 가연을 맺어주시기를 바랍니다.

현재 헥사곤에 머물고 있는 여섯 여인은 아국에서 엄선한 최고의 미녀이옵니다. 부디 이들을 취하시어 후세를 보시기를 바라마지 않습니다.

마탑주께서 취하신 여인들은 국법에 따라 왕후에 준하는 대접을 받으실 것이며, 후세들 또한 왕자나 공주에 버금가는 위치가 될 것입니다.

이러니 아국에 영명하신 후손을 남겨주시길 바랍니다.

이는 아드리안의 국왕으로서 마탑주께 간절히 원하는 바이니 부디 제 뜻을 거절치 마시기 바랍니다.

아울러 아국은 마탑주의 역량 덕분에 공국에서 왕국으로 발돋움하였음을 잊지 않았기에 국력이 미치는 한 최선을 다해 헥사곤의 안녕과 권위를 지원드리겠사옵니다.

추신) 지난번에 보여주셨던 것이 눈앞에 선합니다.

언젠가는 보내주시겠지만 너무도 마음이 가니 염치를 무릅쓰고 기다립니다.

— 아드리안 국왕 아민 멘데스 폰 아드리안 고두[12]

"흐으음!"

국왕의 친필 서한을 모두 읽은 현수는 나직한 침음을 냈다. 마음이 불편해서이다. 그러고 보니 두루마리의 색이 달랐던 이유가 있는 것 같다.

서양에선 색을 단순히 빛의 굴절로 본다. 하지만 동양에선 색을 우주로 해석하고 그 안에 만물을 담는다.

한국에선 전통적으로 오방색이라는 것을 쓴다.

이는 음양오행설에 의한 다섯 가지 순수하고 섞임이 없는 기본색이다.

---

12) 고두(叩頭) : 공경하는 뜻으로 머리를 땅에 조아림.

청(靑), 적(赤), 백(白), 흑(黑), 황(黃)색이다.

다프네의 행방과 관련된 두루마리는 검은색으로 치장되어 있다. 오행 가운데 수(水)에 해당하며, 인간의 지혜를 관장하는 색이다.

상선을 타고 바다로 나갔으니 물과 관련이 있으며, 너무 분노하지 말고 지혜롭게 대처함이 어떻겠느냐는 의미에서 이런 색을 고른 듯하다.

헥사곤의 여인들을 취해 아이를 많이 낳아달라고 한 두루마리는 붉은색이다.

이 색은 오행 가운데 화(火)에 해당하며, 생성과 창조, 정열과 애정, 그리고 적극성을 뜻하는 색이며 가장 강한 벽사[13]의 빛깔로 쓰인다.

생성과 창조는 2세 만들기를 의미하며, 정열과 애정은 헥사곤의 여인들과의 관계이고, 적극성은 여섯 여인 모두를 두루 사랑해 주라는 뜻일 것이다.

국왕이 친필로 이러한 뜻을 밝혀왔는데 나 몰라라 하는 것은 예의가 아니다. 정중하게 정략결혼을 청한 것이나 다름없기 때문이다. 따라서 적어도 하나는 취해야 한다.

그런데 누굴 취하고, 누굴 안 취한다는 말인가!

소피아와 아이리스, 아그네스와 이사벨은 한국으로 치면

---

13) 벽사(辟邪) : 요사스러운 귀신이나 사악함을 물리침.

20세 미만이니 미성년자이다. 나오미는 스무 살, 마샤는 스물한 살이니 당장 취해야 한다면 이 중 하나여야 한다.

그런데 이들 둘은 후작가의 여인이다.

왕가과 공작가를 제쳐두고 후작가의 여인만 취할 경우 아드리안 왕국의 정계가 폭풍우에 휘말릴 수 있다.

예를 들어, 마샤를 취할 경우 화이트 후작의 승작이 논의될 것이다.

라이서 제국에선 카이로시아가 현수의 아내가 된다 하자 즉시 로이어 백작을 공작으로 올렸다. 미판테 왕국에선 로니안 자작과 포인테스 후작을 공작이 되게 하였다.

라이서 제국이나 미판테 왕국에 비해 규모도 작고, 열세인 아드리안 왕국에선 화이트 후작을 대공으로 올려줘야 한다.

공국인 상태였다면 어림도 없을 일이다. 공왕이 자신의 아래에 또 다른 대공을 둘 수는 없기 때문이다.

그런데 현재의 아드리안은 왕국이다. 따라서 남들 보기엔 남세스럽겠지만 화이트 후작에게 대공위를 줄 수 있다.

이럴 경우 로레알 공작과 필립스 공작과의 관계에 문제가 발생된다. 나오미의 조부인 할렌 후작과도 껄끄러워질 수 있다. 현수가 나오미를 취할 경우 상황이 역전되기 때문이다.

또 다른 문제가 있다.

리즈 시절의 그레이스 켈리, 나오미 왓츠, 소피 마르소, 브룩 쉴즈, 올리비아 핫세, 제시카 알바 중 하나만 고르라 하면 한 번에 선택할 수 있는 남자가 얼마나 있겠는가!

모르긴 몰라도 밤잠을 제대로 이룰 남자들이 별로 없을 것이다. 그래서 현수는 딜레마[14]에 빠진 기분이 되었다.

국왕의 청이니 형식적으로라도 하나 정도는 취하는 모양새를 갖춰야 한다. 그런데 고를 수가 없다.

"아! 머리 아파."

"네?"

"아, 아닐세, 아무것도!"

"아, 네에."

알베르토는 알았다는 듯 고개를 끄덕인다.

"국왕께서 내게 답을 들어오라 하였는가?"

"아, 아니옵니다. 소인의 임무는 위대하신 마탑주님께 두 개의 두루마리를 무사히 건네 드리는 것이 다이옵니다."

"그래? 그럼 물러가도록."

"네! 그럼 이만 물러가옵니다. 내내 강녕하시옵소서."

알베르토는 현수의 나이가 최하 200세는 되었을 것이라 생각하고 있다. 그 나이가 아니면 10서클이라는 지고무상한 화후를 얻을 수 없을 것이기 때문이다.

그렇기에 몹시 공경하는 태도를 보이며 물러가려 고개를

---

14) 딜레마(dilemma) : 선택해야 할 길은 두 가지 중 하나로 정해져 있는데, 그 어느 쪽을 선택해도 바람직하지 못한 결과가 나오게 되는 곤란한 상황을 뜻한다.

조아린다.

"참! 국왕께 전할 것이 있으니 잠시 대기하라."

"네!"

알베르토는 무조건 따르겠다는 뜻으로 또 고개를 조아리고 멈춰 섰다.

"나를 따르라."

"네, 마탑주님!"

현수의 뒤를 따라 헥사곤의 정문에 당도하자 아델이 정중히 허리를 꺾는다.

"충─! 위대하신 마탑주님을 알현하옵니다."

아델은 현수의 뒤를 따라온 알베르토를 보았지만 예를 갖추지 않았다. 태양과 반딧불이가 같이 있는데 어찌 반딧불이를 신경 쓰겠는가!

한편, 알베르토는 분수를 알기에 아델이 대놓고 무시해도 조금도 노여워하지 않는다.

"그래! 헥사곤에 동원 가능한 마차가 있는가?"

"마차라면 어떤 것을 말씀하시는 건지요?"

얼마나 호화스러운 것인지가 아니라 용도를 묻는 질문일 것이다.

"짐을 실을 것이다."

"아! 그거라면 세 대가 있습니다."

"모두 가져오도록!"

"네! 잠시만 기다려주시옵소서."

아델이 눈짓하자 곁에 있던 병사들이 후다닥 달려간다.

이런 일은 기사가 할 일이 아니라서가 아니다. 현수로부터 지시가 떨어지면 즉각 이행되어야 하기 때문이다.

잠시 후, 세 대의 짐마차가 당도했다. 각각의 마차엔 병사들이 둘씩 딸려 있다.

"아공간 오픈!"

현수는 아공간을 열어 멀린이 남긴 금은보화를 꺼냈다.

금화와 은화는 물론이고 다이아몬드, 에메랄드, 사파이어, 호박, 진주, 오팔, 루비, 아쿠아마린 등이다.

아드리안 공국이 가장 번성했을 때 국고에 보관되어 있던 것과 거의 비슷한 양이다. 알베르토는 물론이고 아델과 병사들 역시 깜짝 놀라는 표정이다.

"흐음! 금이 너무 많군."

짐칸 바닥에 금화들을 쏟아 놨는데 마차 바퀴가 땅속으로 파고든다. 너무 무거워서 이러하다.

현수는 마차에 경량화 마법진을 그려 넣었다.

"ζΨ ΣΞΗ ξδ ΛΓΔΩ"

구동어가 영창되자 푸른 마나가 마법진으로 스며든다. 하지만 별다른 변화는 보이지 않는다.

그러거나 말거나 현수는 더 많은 금괴를 꺼내 실었다.

마차 바퀴는 더 이상 땅을 파고 들지는 않았다. 마법진 덕에 무게가 20분의 1로 줄어든 때문이다.

잠시 후, 세 대의 마차에 가득 실린 금은보화는 햇살을 받아 반짝인다.

"국왕께 이실리프 마탑에서 주는 선물이라 전해주게."

현수의 시선을 받은 알베르토는 황송하다는 표정으로 고개를 숙인다.

"네에, 명을 받자옵니다. 그리고 감사합니다."

알베르토는 나날이 줄더니 이제 곧 텅텅 비기 일보 직전이던 국고가 가득 채워짐을 상상하며 상기된 표정으로 고개를 숙인다.

국왕이 보낸 친필 서한의 말미엔 추신이 달려 있다.

현수는 이를 읽고 전에 보여주었던 금은보화를 보내달라는 것으로 이해했다.

삼국연합과의 전쟁을 대비하여 너무 많은 지출을 하여 아드리안 왕국의 곳간이 텅텅 비어 있다 짐작하기 때문이다.

그런데 국왕이 보내달라고 했던 것은 다른 것이다.

일전에 보여주었던 겉감은 TC186이고, 충전재는 천연목화 65%에 폴리에스테르 35%짜리 이불과 목화솜으로 만든 요, 그리고 베개 네 개이다.

이불은 24,900원에 할인 판매되는 것이고, 요는 40,000원 짜리이다. 베개는 개당 9,000원짜리이니 다 합쳐 봐야 10만 900원이다.

너무나 부드럽고 가벼워, 엎어도 엎은 것 같지 않던 것을 보고 돌아갔다. 그리고 그날 이후 냄새나는 가죽침구를 쓰고 있다. 극과 극이라 할 수 있기에 잠자리가 늘 불편했다.

하여 염치를 무릅쓰고 이불과 요, 그리고 베개 네 개를 보내달라는 뜻으로 추신을 달았다.

그런데 엄청난 금은보화를 실어서 보내려는 것이다.

"아델! 자네에겐 이것들을 왕궁까지 호송하는 임무를 부여한다. 병사들과 함께하도록!"

"넵! 마탑주님의 명에 따라 신 아델, 이것들을 왕궁까지 무사히 호송하고 오겠습니다. 추웅―!"

한쪽 무릎을 꿇으며 오른 주먹을 왼 가슴에 얹으며 정중히 고개 숙여 예를 갖춘다.

"충, 충, 추충충충!"

여섯 명의 병사 역시 긴장된, 그러면서도 몹시 영광스럽다는 표정으로 군례를 올린다.

"헥사곤의 깃발을 사용해도 좋다."

"아! 알겠습니다."

현수가 읽은 율법서의 내용 중 헥사곤의 깃발에 관한 구절이 있다.

이실리프 마탑의 로고가 그려진 깃발 아래에 금색 끈을 달면 아드리안의 모든 귀족은 즉시 예를 갖춰야 한다.

공국의 어디에서든 국왕에 준하는 대접을 받을 수 있도록 명문화해 놓은 것이다. 이는 아드리안 왕국법에도 명기되어 있는 내용이다.

깃발 든 자가 선두에 서면 아무런 포장 없이 엄청난 금은보화를 가져가도 탈취하려는 마음조차 품지 못할 것이다.

그랬다간 세상 모든 마법사와 세상 모든 기사의 공격을 받아 지리멸렬하게 될 것이기 때문이다.

"더 지시하실 내용이 있으신지요?"

"스승님의 유해 안장식을 준비한 것으로 알고 있는데 언제 가능한가?"

"안장식을 위한 모든 준비가 갖춰졌습니다. 언제라도 가능하니 말씀만 하시면 됩니다."

"아! 그런가? 그럼 모레는 어떤가?"

알베르토는 즉답하지 않고 잠시 머뭇거린다.

"마탑주님! 사흘 후는 어떻습니까? 시조님의 안장식인지라 가급적 많은 귀족이 참석했으면 해서 드리는 말씀입니다."

"사흘 후?"

사흘 후면 검은 별의 전설호가 항구에 도착하는 날이다.

'새벽에 도착하는 건 아니겠지.'

상선이니 도착하면 하역 작업이 시작될 것이다.

오랜 항해를 마치고 온 선원들은 선술집에 머물 것이니 조금 늦게 간다 해도 모두가 뿔뿔이 흩어지진 않을 것이다.

"알겠네. 그렇게 국왕에게 전하게."

"알겠사옵니다. 성대한 안장식이 거행되도록 만반의 준비를 갖추도록 하겠습니다."

알베르토는 크게 허리를 숙여 감사의 뜻을 표한다. 왕실 시종장으로서 국왕을 대리하는 의미이다.

"그럼 물러가도록 하게."

"네! 마탑주님, 모레 뵙겠습니다."

현수가 고개를 끄덕이자 이실리프 마탑의 깃발을 앞장세운 행렬이 출발한다.

멀찌감치 떨어져 지금까지의 상황을 지켜보던 사람들은 깃발 아래에 달린 금색 끈을 보곤 모두 무릎을 꿇고 고개를 조아린다. 국왕의 행차와 같은 상황이기 때문이다.

알베르토가 물러간 후 현수는 스승의 유해가 안장될 후원을 찾았다. 당장에라도 안장식을 치를 수 있도록 만반의 준비가 갖춰져 있음을 확인할 수 있었다.

본인이 그려 넣은 마법진들도 시동어만 외치면 즉시 구동될 상황이다.

흡족한 마음에 고개를 끄덕이곤 본인의 집무실인 세상의 중심으로 되돌아왔다.

"아! 오셨어요?"

소피아 등은 뭔가를 작업하던 중이다.

"뭐하는 거지?"

"주인님께서 고치신 율법을 정리하고 있사옵니다. 작업이 다 되면 보시고 윤허하여 주셔요."

"그러지."

현수는 고개를 끄덕이곤 집무실 안쪽에 마련된 침실로 들어갔다. 허락해 주지 않으면 청소조차 할 수 없는 방이다.

"흐으음!"

현수는 커피 한 잔을 만들어놓곤 나직한 침음을 냈다. 국왕의 간곡한 청이 마음에 걸려서이다.

눈을 감으니 각기 다른 아름다움을 가진 여인들이 서로 꺾어달라고 간청하는 듯한 환상이 보인다.

얼른 눈을 뜬 현수는 고개를 절레절레 흔들었다. 쉽지 않은 선택이 될 것이라는 것을 직감한 때문이다.

"휴우! 이럴 땐 머리를 쉬게 하는 게 좋지."

현수는 옷을 갈아입었다. 지구로 귀환하여 머리를 차분하게 한 뒤 다시 오려는 것이다.

같은 시각, 율법서 수정을 마친 여인들은 머리를 맞대고 음

모를 꾸미는 중이다.

현수가 당도하기 직전 받았던 수업은 사내를 유혹하는 법이었다. 수업을 담당했던 은퇴한 왕궁 침실 시녀는 다음과 같이 말했다.

"사내를 유혹하려면 진하지 않은 향수로 코를 자극하고, 적당한 노출로 시각을 자극해야 합니다."

이 말이 끝났을 때 여인들은 고개를 갸웃거렸다.

"물론 여러분들처럼 아름다운 분들은 더 쉽겠죠."

이 대목에서 소피아 등은 고개를 끄덕였다. 자신들이 얼마나 아름다운지를 잘 알기 때문이다.

"다음으로 자연스런 스킨십을 유도하여 촉감을 자극하면서, 나직하면서도 부드러운 음성으로 청각까지 자극하면 백이면 백 전부가 넘어옵니다."

소피아 등은 열심히 필기를 했다.

마탑주의 아이를 잉태하지 못하면 목숨을 부지할 수 없음을 알기 때문이다.

다시 말해 필사적으로 현수를 유혹해야 하는 입장인지라 수업에 대한 열의가 남다를 수밖에 없는 것이다.

다 같이 꽃잎 띄운 물에서 수욕을 하고 반쯤 헐벗은 야시시한 의복을 걸치고 기다리기로 했다.

현수가 나오기만 하면 일제히 달려들어 혼을 쏙 빼놓은 다음 안아달라고 애원하기로 했다.

물론 코맹맹이 소리로 하는 애원이다.

같은 시각, 옷을 다 갈아입은 현수는 나직이 중얼거린다.

"트랜스퍼 데멘션!"

샤르르르르룽—!

현수의 신형이 안개처럼 흩어진다. 이곳에 다시 나타날 시각은 앞으로 사흘 후이다.

*　　　　*　　　　*

"흐으음! 역시 다르군."

모스크바의 공해는 서울보다는 약하지만 결코 청정하진 않다. 현수는 텁텁한 공기가 왠지 짜증이 났다. 좋은 급식에서 갑자기 저질 급식으로 바뀐 듯한 느낌 때문이다.

음식으로 비교하자면 데코레이션 화려한 호텔 스테이크와 1970년대 군대 짬밥이다.

"하여간 지구는 다 좋은데 이게 마음에 안 들어."

나직이 투덜거린 현수는 계단을 딛고 아래로 내려갔다.

쌕, 쌕—!

이리냐는 이불을 걷어차 늘씬한 교구를 드러낸 채 잠들어 있다. 기억을 더듬어보니 이곳에서의 지난밤은 제법 격렬했다. 오랫동안 헤어져 있다 만난 때문이다.

이리냐는 사막을 횡단하던 상인이 오아시스를 탐하듯 현수의 품에서 떨어지려 하지 않았다. 현수 역시 오랜만에 보는 이리냐가 너무 좋았다. 하여 체력을 아끼지 않았던 것 같다.

"이렇게 이불을 걷어차면 감기에 걸리는데."

이불을 덮어주자 이리냐는 웅크렸던 몸을 쭉 편다.

이 침실은 늘 25℃를 유지하도록 항온마법진을 부착시켜 춥지도 덥지도 않다.

그럼에도 약간 서늘하다 느꼈던 모양이다. 그렇다면 조금 더 온도를 높여줘야 한다.

딸깍―!

침실 옆 서재로 옮겨 간 현수는 스탠드의 불을 켰다.

은은한 불빛이 어둠을 몰아내자 고급스럽고, 우아하며, 고풍스러운 집기들이 보인다.

책상, 의자, 서가, 장식장, 소파 등이다.

이 밖에 빌트인 되어 있는 냉장고도 있다. 각종 음료수와 맥주, 그리고 간단한 안주가 들어 있다고 했다.

둘러보니 모두 호두나무 원목으로 제작한 것이다.

이것은 선명하고 아름다운 나뭇결을 가졌다.

다른 나무에 비해 어둡고, 진한 컬러를 가져 중후한 아름다움이 있다. 가공성과 내구성이 좋아 악기 제작용 등으로도 많이 사용되는 것이다.

책상 위에는 LG에서 만든 29인치짜리 모니터TV가 놓여 있
다. 컴퓨터의 본체도 보인다.

지저분해 보일 수 있는 연결선들이 깔끔하게 정리된 것을
보니 전문가의 손을 탄 것 같다.

책상 위엔 고급스런 필기구 이외에도 은빛 유선전화기와
메모지함도 있다.

가구는 고풍스러운데 이것들은 너무 현대적이라 다소 언
밸런스한 느낌이다.

CHAPTER 10
모스크바에서

전능의팔찌
THE OMNIPOTENT
BRACELET

털썩―!

편안한 등받이 의자에 앉아 다이어리를 꺼냈다. 이리냐가
생각나서 항온마법진을 손보려는 것이다.

이제부턴 항온마법진이 아니라 선택온도 유지마법진이라
이름이 바뀌어야 할 것이다.

아르센 대륙의 마법 지식과 지구의 스위치 지식을 융합시
킨 첨단 마법진이다.

쓱, 쓱, 쓰쓱, 쓰쓰쓱―!

머릿속 생각을 다이어리에 옮겨 적는 동안 아주 복잡한 계

산식이 쓰인다.

기하, 벡터, 미분, 적분, 행렬, 수열, 함수의 극한, 로그, 타원의 방정식 등 온갖 수학적 지식이 있어도 이해하기 어려울 정도로 고차원적인 것이다.

그럼에도 현수의 손놀림엔 거침이 없다.

전능의 팔찌 안쪽에 그려진 브레인 리프레쉬 마법 덕분에 IQ가 지속적으로 높아졌기 때문이다.

전에는 255로 측정되었지만 다시 측정하면 300 가까이 되어 있을 것이다. 어쩌면 300을 훌쩍 넘어 있을 수도 있다.

수식의 계산을 끝내곤 제도판 앞에 앉아 여러 종류의 마법진을 그렸다.

이 작업엔 T자, 컴퍼스, 자, 각도기, 스케일, 운형자 등 온갖 설계기구가 동원되었다.

그리는 동안 수시로 수정을 했고, 자리에서 일어나 두어 발짝 물러서곤 한참을 들여다보았다.

제도판에 그려진 도형은 매우 복잡했다.

켄트지 중앙부를 제외한 상하와 좌우엔 상세도가 그려져 있는데 룬어까지 모두 들어 있기 때문이다.

"흐음……!"

이실리프 학파의 가장 큰 장점은 마나 효율이 극대화된다는 것이다. 현수는 이번에 새롭게 창안하는 마법진엔 최하급 마나석을 박을 생각이다.

이것이라도 반영구적으로 효력을 발생시키면 충분할 것이기 때문이다. 고효율 마나집적진이 있기에 가능한 일이다.

"흐음, 이 정도면……."

현수는 본인의 작품이 마음에 든다는 듯 고개를 끄덕였다.

새로 만든 마법진은 실내기온을 16℃에서 32℃까지 1℃ 간격으로 조절할 수 있는 것이다.

사계절용 선택온도 유지마법진을 완성시킨 것이다.

이는 지구에서뿐만 아니라 아르센 대륙에서도 아주 유용하게 사용될 것이다.

러시아와 몽골, 콩고민주공화국과 에티오피아의 조차지에서는 더욱 유용할 것이다. 살이 에일 듯한 추위와 찌는 듯한 더위를 신경 쓰지 않아도 되기 때문이다.

집 밖의 활동은 항온의류 등으로 충분히 해결되니 외부인이 상상하는 것보다 훨씬 더 쾌적한 삶을 영위하는 곳으로 인정받을 날이 올 것이다.

도면 작성을 마친 후에 꼼꼼하게 살폈다.

마법 구현이 잘못될 경우 예상치 못한 사고가 발생될 수 있기 때문이다. 하지만 이는 기우였다. 지구 최고의 두뇌가 어찌 오작동하겠는가!

결과는 이상무였다.

"좋아! 그럼 이번엔……."

아공간 속에 담겨 있던 스테인리스 철판이 꺼내졌다. 두께 12㎜, 가로 1,219㎜, 세로 2,438㎜짜리이다.

먼저 가로세로 1.2m가 되게 재단했다.

이때 사용된 마법은 워터 드릴이다. 그 결과 스테인리스 철판은 무소음, 무진동으로 잘려졌다.

연후에 조심스런 손길로 마법진을 그려 넣기 시작했다. 세심한 설계를 하였기에 마나석을 박을 구멍은 두 개면 충분했다.

하나가 사용되는 동안 다른 하나는 마나집적진에서 빨아들인 것을 저장한다.

그러다 완충되면 즉시 임무 교대를 하도록 했다.

이를 가능하게 하기 위해 지구에서 개발된 릴레이(Relay) 기술을 도입하였다.

릴레이란 입력이 어떤 값에 도달하였을 때 작동하여 다른 회로를 개폐하는 장치이다.

지구의 기술을 마법으로 변환시키는 것이 어찌 쉬웠겠는가! 현수의 고도로 발달된 두뇌가 없었다면 불가능할 일이다.

작업이 마쳐지자 리듀스 마법으로 축소시켰다.

4번의 축소마법 결과 두께 0.75㎜, 가로세로 75㎜짜리 철판으로 줄어들었다.

크기는 줄었지만 중량까지 감소한 것은 아니다. 질량 불변의 법칙이 작용하고 있는 까닭이다.

그렇기에 이것의 무게는 무려 135.67kg이나 된다.

그런데 이것을 복제하기 위해 사용될 스테인리스 철판은 두께 0.35mm, 가로세로 100mm짜리이다. 마법으로 축소시킨 것이 아니기에 가볍다.

그래서 원본과 사본이 확연히 구별될 것이다.

그렇지만 너무 무거우므로 경량화 마법을 사용하여 40분의 1인 3.4kg으로 무게를 줄였다.

다음엔 아공간에서 재단된 STS304 철판 200장을 꺼냈다. 이 저택엔 상당히 많은 방이 있기 때문이다.

게다가 빈관과 경호동이 지어지는 중이다. 둘 다 이바노비치가 전액 부담하여 건설 중이다.

이를 위해 양쪽 옆의 낡은 저택들이 헐렸다.

그것들까지 완공되면 방의 숫자가 상당히 많을 것이기에 미리 준비한 것이다. 어쨌거나 새로 꺼낸 철판은 가로세로 10cm짜리이다. 현수는 이것을 원본 위에 차곡차곡 쌓았다.

"퍼펙트 카피!"

샤르르르릉―!

이 마법이 구현되자 모든 철판에 원본과 똑같은 문양이 그려지고 같은 위치에 구멍이 뚫린다.

부드러운 천을 꺼내 철판 위의 쇳가루를 닦아내곤 마나석들을 박아 넣었다. 이 작업은 정밀을 요하기에 배율 ×20인 루페(Lupe)와 핀셋이 동원되었다.

일련의 작업을 마치곤 새로운 설계를 시작했다.

사용자가 마음대로 실내온도를 조절할 수 있도록 했지만 마법진이 드러나는 것을 감추기 위한 설계이다.

겉보기엔 가정에서 사용하는 보일러 온도조절기처럼 설계했다. 내부엔 기판이 들어간다.

이것의 용도는 마법진이 작동될 때 LED등이 켜지도록 하는 것뿐이다. 건전지를 사용하여 원격으로 실내온도를 조절하는 것처럼 보이도록 한 것이다.

그간 읽었던 전기, 전자, 계측, 제어 관련 전문서적의 지식이 머릿속에 있기에 가능한 일이다.

회로도를 완성시키는 데 걸린 시간은 얼마 되지 않는다.

"흐음! 호기심 때문에 뜯어볼 인간이 많겠지?"

회로도에 따라 기판을 제작하면 자연스레 자폭마법진이 그려진다. 이것은 일종의 감응진으로 빛의 세기가 급작스레 변화하면 터진다.

기판만 망가질 정도로 약한 폭발력을 가졌다. 따라서 터져도 사람이 다치는 일은 없을 것이다.

"흐음! 좋군. 근데 누구에게 제작을 맡기지?"

컴퓨터를 켜곤 전기용품 제작사들을 검색했다.

시각을 확인했는데 오전 6시 25분이다. 시차를 계산해 보니 서울은 낮 12시 25분이다.

전화기를 끌어당겨 검색된 번호로 전화를 걸었다. 몇 번의 착신음이 들리더니 누군가 전화를 받는다.

"네! 감사합니다. 전자기기 제작전문 율인전자입니다. 무엇을 도와드릴까요?"

전화를 받은 사람은 젊은 아가씨인 듯싶다.

"네, 전자기기 제작을 의뢰하려고 하는데요."

"아! 그러세요? 어떤 종류의 전자기기인지 말씀해 주시겠습니까? 아울러 수량은 어느 정도 되는지요?"

갑자기 반색하는 듯한 느낌이 든다.

현수가 전화를 건 율인전자는 영세한 회사로 불경기의 여파 때문에 힘든 시기를 보내는 중이기 때문이다.

이실리프 뱅크가 없었다면 진즉에 망했을지도 모른다.

율인전자에선 돈이 필요하여 모든 시중은행을 방문했지만 모두 거절당했다. 사장 본인이 신용카드 돌려막기를 하는 상황이었기 때문이다.

하여 대부업체로부터 연 34%짜리 고금리 대출을 받았다.

납품된 것을 결재받기만 하면 금방 갚을 수 있기에 높은 이자율을 무릅쓴 것이다.

그런데 예기치 못한 일이 벌어지면서 큰 부담이 되었다.

1년 전 어느 날, 제법 규모가 큰 중견기업으로부터 제작의뢰를 받은 전자기기를 납품했는데 전량 반품되었다.

색상이 달랐기 때문이다. #F361DC를 주문했는데 이보다 약간 연한 #FFB2F5로 제작되었다.

담당자가 눈 수술을 받고 얼마 안 된 상황이어서 착오가 생긴 것이다.

전혀 다른 색이 아니라 원하던 것보다 약간 연한 색이며, 이는 제품의 성능에 어떠한 영향도 미치지 못하므로 납품받아 달라 애원했다.

이에 상대 회사 상무라는 사람이 와서 납품단가를 75% 할인한다면 고려해 보겠다는 말을 했다.

그러면서 농담이 아닌 진담임을 분명히 했다.

상무라는 작자는 상대가 허점을 보이면 득달처럼 달려들어 이빨을 들이대는 하이에나 같은 놈이었다.

율인전자 최지원 사장은 제조원가에도 미치지 못하는 가격에 달라는 말에 분노하여 기기를 전량 폐기해 버렸다.

당시 받은 대출금은 1억 원이었는데 부품공급 업체 결재대금과 직원들 급여를 주기 위함이었다.

그런데 예기치 못한 사정이 연이어 발생하여 점점 더 많은 대출을 받아가며 돌려막기를 해야 했다.

그 결과가 3억 5천만 원이라는 부채이다.

이것에 대한 이자만 연간 1억 1,900만 원이다.

이걸 12개월로 나누면 매월 991만 6,666원의 이자를 내야 한다. 거의 1천만 원이다.

일감은 나날이 줄어들었지만 직원들은 자를 수 없다.

어려울 때 고난을 함께하고 견뎌줬는데 회사가 어렵다고 무 자르듯 내칠 수 없는 것이다.

그러다 이실리프 뱅크가 설립되었고, 사장은 용기를 내어 찾아갔다. 무담보, 무보증에다 저리로 융자를 해준다 하니 밑 져야 본전이라는 생각으로 방문한 것이다.

상담자가 너무 많아 오랜 시간을 기다려야 했지만 참고 견 뎠다. 약 다섯 시간이다.

드디어 상담창구에 앉았을 때 최 사장은 거절당해도 투덜 거리지 말자는 생각을 했다.

아무런 담보도 없이 돈을 빌리러 왔으며, 본인의 신용상태 가 조만간 불량 등급이 될 것임을 알기 때문이다.

참고로, 2014년 현재 시중은행 신용대출 금리는 다음과 같다.

	1~3등급	5등급	7~10등급
국민	4.12%	5.19%	6.99
우리	4.21%	5.73%	8.63%
신한	4.57%	6.39%	8.31%
하나	4.14%	4.93%	7.81%
한국SC	4.93%	6.97%	10.34%
한국시티	5.03%	7.35%	11.55%

제2금융권인 저축은행들의 신용대출 평균금리는 연 11.72%이고, 9개 주요 신용카드사의 카드론 평균금리는 연 15.27%에 달한다.

이실리프 뱅크 행장대리 전무이사가 된 김지윤은 영업 시작과 동시에 대출금리를 연 4.5%로 고시했다.

6개 시중은행 1~3등급 신용대출 금리의 평균치이다.

이는 변동 금리가 아니라 고정 금리이다.

따라서 대출자들은 본인이 원금을 모두 갚을 때까지 매월 얼마의 이자를 내야 하는지 명확히 인식할 수 있다.

금리가 변동되어 더 많은 이자를 내야 하는 상황도 피할 수 있다.

이실리프 뱅크 상담 창구에서 대출받는 사람들은 저도 모르게 진실만을 이야기한다.

현수가 직접 골라서 보낸 의자에 올웨이즈 텔 더 트루스 마법진이 부착되어 있기 때문이다.

상담창구의 직원들은 매뉴얼에 따른 질문을 하고 그에 대한 답변을 고려하여 대출 여부를 결정한다.

본점에서 정한 점수 이상이 되면 즉시 대출이 실시된다.

보증인이 있어야 한다거나 보증 보험 가입을 해야 하는 등의 절차 없이 본인 확인만 하면 되기 때문이다.

사업자 대출인 경우는 사업자등록증과 납세증명서만 지참

하면 된다.

아무튼 최지원 사장은 4억 원을 대출받았다.

3억 5천만 원은 대환대출[15]이므로 그 자리에서 상환되었다.

대출총액은 5천만 원이나 늘었지만 최 사장의 발걸음은 가벼웠다.

연 4.5%짜리 신용대출이니 1년 이자 총액이 1억 1,900만 원에서 1,800만 원으로 줄었다.

매월 1,000만 원 가깝게 지불해야 했던 이자도 월 150만 원으로 확 줄어들었다.

게다가 이실리프 뱅크는 연체가 되어도 독촉전화를 하지 않는다. 믿고 빌려줬으니 양심껏 상환하라는 뜻이라 한다.

최 사장은 이실리프 뱅크로부터 빌린 돈을 모두 상환하기 전까지 최우선 순위가 이자 상환이라는 원칙을 세웠다.

아울러 앞으로는 이실리프 뱅크에서만 거래하리라 마음먹었다.

나중에 신용카드 업무를 개시하게 되면 모든 카드를 부러뜨리고 오로지 이실리프 카드만 사용할 것도 다짐했다.

직원이라고 해봤자 10명도 되지 않는 소기업이지만 급여통장을 바꿀 것이다.

이실리프 뱅크야말로 정말로 서민을 위한 은행이라는 것

---

15) 대환대출(對還貸出) : 금융기관에서 대출을 받은 뒤 이전의 대출금이나 연체금을 갚는 것.

을 절감한 때문이다.

어쨌거나 운전자금으로 5,000만 원을 더 대출받아 상황이 나아지기는 했지만 운영은 점점 어려워졌다.

불황의 늪이 너무 깊고, 긴 때문이다.

오늘도 최 사장은 어떻게든 일감을 따러 오전 내내 돌아다녔다. 돈이 돌아야 하기에 덤핑도 불사할 생각이었다. 그런데 그럴 일조차 없었다. 그러다 점심나절이 되자 비용을 줄이기 위해 회사로 왔다.

점심을 먹기 위함이다.

현수가 건 전화를 받은 미스 양이 식사 담당이다.

오늘은 미역국을 끓였다. 직원 중 하나의 생일인 때문이다. 늘 1식 3찬이었는데 특별히 제육복음이 추가되었다.

기본 반찬은 감자조림과 볶은 김치, 그리고 자반이다.

미스 양은 직원들에게 배식하던 중 전화를 받았다. 하여 한 손엔 국자를 들고 있다.

"사장님! 주문한다는 전화예요."

"아! 그래?"

막 도착하여 자리에 앉아 밥을 먹으려던 최 사장은 얼른 일어나 전화를 받아 든다. 밥보다 수주가 먼저인 때문이다.

"율인전자 최지원 사장입니다. 전화 주셔서 감사합니다."

"아! 사장님이시군요. 제가 제작하고 싶은 게 있어서 전화

드렸는데 견적 좀 부탁드려도 될까요?"

"그럼요! 당연히 해드려야지요. 도면과 사양서만 보내주시면 금방 뽑아드리겠습니다."

아주 시원스런 답변이다.

사실 견적을 내는 것도 돈이 드는 일이다.

영업하러 다녀야 할 시간을 소모해야 하고, 본인이 가진 전문지식도 공짜로 생긴 건 아니기 때문이다.

"참! 납품받으실 수량은 어느 정도나 됩니까? 이거 아주 중요합니다."

"양이 많을수록 단가가 낮아지요?"

"그럼요. 양이 많을수록 낮아지는 거 맞습니다."

최지원 사장은 제발 양이 많기를 바랐다. 찔끔 몇십 개 내지 몇백 개를 주문해도 해주기는 한다.

예전에 일이 많을 땐 몇십, 몇백 개는 쳐다도 안 봤지만 지금은 아니다. 소소한 것들이라도 모조리 주워 담아야 직원들 월급 주고 이자를 낼 수 있기 때문이다.

현수는 초도물량으로 몇 개를 주문할까 생각해 보았다. 그런데 이곳 모스크바 저택에서만 쓸 건 아니다.

양평 저택과 킨샤사의 저택도 써야 한다.

새로 지어질 이실리프 의료원의 모든 병실에도 필요하다. 아주 잠깐이지만 현수는 많은 것을 떠올렸다.

"사장님 이건 제가 몰라서 여쭙는 건데요, 초도물량으로 몇 개 정도를 주문하면 단가가 낮아지는 겁니까?"

"네? 그건……."

이런 반문은 지금껏 처음이다. 하여 최지원 사장은 잠깐 말을 잇지 못하였다. 하지만 그 시간은 짧았다.

"확실한 건 도면과 사양서를 봐야 알 수 있을 것 같습니다. 그거 먼저 보여주시겠습니까?"

"그렇죠? 알겠습니다. 도면과 사양서부터 팩스로 넣어드리지요. 그걸 보시고 이 번호로 전화 주십시오."

"네, 그러지요. 그게 먼저인 거 맞습니다. 팩스를 넣어주시면 최대할 빨리 산출해 보고 연락드리도록 하겠습니다."

"네, 알겠습니다."

전화를 끊고는 곧장 팩스를 넣었다.

"이게 제대로 들어가야 할 텐데."

화질이 나쁘면 견적을 내는 데 애로사항이 많을 것 같아 걱정되었지만 어쩌겠는가!

삐이익! 삐이이이익—!

팩시밀리 특유의 음을 내며 서류들이 전송된다. 원본을 챙겨 아공간에 넣은 현수는 서재에서 나왔다.

침실로 들어서니 마침 이리냐가 일어난다.

"잘 잤어?"

"하아암—! 네에, 자기야는요?"

"나도 당연히 잘 잤지. 몸은 좀 어때?"

이곳 시간으로 어젯밤, 이리냐는 새벽이 될 때까지 현수에게 시달렸다. 사실은 시달린 것이 아니고 매달린 것이다.

현수를 오랜만에 보니 아예 뽕을 뽑으려 했던 것이다.

떡 본 김에 제사 지낸다는 속담이 있는데 현수를 본 김에 얼른 잉태하고 싶어 아양을 떨었다.

현수로선 마다할 일이 아니기에 원하는 대로 해줬을 뿐이다. 그런데 그게 조금 심했다.

"물 줘?"

"네에, 고마워요."

자리에서 일어나 가운을 걸치던 이리냐는 고개를 끄덕인다. 어젯밤에 약간의 알코올을 섭취했기에 목이 마른 것이다.

쪼르르륵—!

시원한 물 한 잔을 따라 줬더니 벌컥벌컥 잘도 마신다.

"캬아아—! 시원해요."

"그래? 내려가서 모닝커피 어때?"

"호호, 저야 좋죠."

얼른 팔짱을 끼곤 현수에게 시선을 준다.

"왜?"

"자기야 얼굴을 확실하게 봐두려구요. 한 번 가면 또 한참 있다 올 거잖아요."

"에구, 미안해! 내가 너무 오래간만에 온 거지?"

"쳇! 알긴 아네요. 아무튼 자기랑 이렇게 있으니 너무 좋아요. 아아! 행복해."

이리냐는 진짜 기분이 좋은 듯 활짝 웃으며 아양을 떤다. 이때 문이 열리고 한 인영이 나타난다.

예카테리나 브레즈네프이다.

"어머! 안녕히 주무셨어요? 두 분 보기 좋으네요."

"아! 그래요?"

"호호! 우리 커피 마시러 가는데 같이 갈래요?"

이리냐의 말에 예카테리나는 고개를 좌우로 젓는다.

"지금 막 운동하러 나가려던 참이에요."

"그래요? 그럼 잘 다녀와요. 이따 아침 식탁에서 만나요."

"네! 회장님."

현수에게 고개를 숙여 예를 갖춘 예카테리나는 살짝살짝 뛰면서 복도 저쪽으로 사라진다. 조깅이라도 할 모양이다.

달려가는 뒷모습을 보니 포니테일로 묶은 머리카락이 좌우로 흔들린다.

몸에 착 달라붙는 옷인지라 몸매가 그대로 드러나 있는데 허리는 잘록하고, 육감적인 둔부가 실룩거린다.

평소에도 운동을 꾸준히 해서 컨디션이 좋아 그런지 몰라도 달리는 걸음이 가볍게 느껴진다.

하여 시선을 주고 있을 때 이리냐가 묻는다.

"테리나 언니, 예쁘죠?"

"응? 뭐라고?"

"테리나 언니 말이에요. 아름답고, 건강한데다, 똑똑하고, 예의 발라요. 게다가 겸손하고, 침착해서 배울 점이 참 많은 언니예요."

"아! 그래?"

현수 입장에선 뭐라 더 할 말이 없기에 말꼬리를 흐리자 이리냐가 좋알거린다.

"저 언니 너무 좋아요. 여기서 그냥 같이 살았으면 좋겠어요. 그래도 되죠?"

"여기서? 2층은 우리들만의 공간인데?"

이 저택 역시 2층은 현수와 이리냐, 그리고 지현과 연희를 위한 공간으로 설계되었다.

저택에서 일하는 사용인들이라 할지라도 늘 허락받고 드나들게 하였다. 주인의 사생활 보호를 위함이다.

이런 걸 뻔히 알면서 외인인 예카테리나를 머물게 하자는 말을 하니 그걸 잊었느냐는 표정으로 반문한 것이다.

"우리들만을 위한 공간이긴 해도 방이 남잖아요."

"1층과 3층에도 빈방 많은데?"

"1층은 일하는 사람이 많이 드나들고, 3층엔 아무도 없잖아요. 그니까 2층을 쓰게 해요."

이리냐는 얼른 허락해 달라는 표정으로 빤히 바라본다. 어찌 이런 애교를 이길 수 있겠는가!

"맘대로 해! 이 저택의 관리 책임자는 이리냐니까."

현수가 고개를 끄덕이자 이리냐는 신났다는 표정으로 폴짝폴짝 뛴다.

"야호! 자기야가 허락해 줬다. 헤헤, 헤헤헤!"

뭐가 그리 좋은지 환한 웃음을 짓는데 천사를 보는 듯하다. 하여 현수 역시 기분이 좋아졌다.

사랑하는 아내가 천사처럼 아름답고 밝으니 즐거워하는 기분이 전염이라도 된 듯싶다.

"안녕히 주무셨습니까? 가주님."

아직 이른 아침이지만 안톤은 벌써 완벽하게 복장을 갖추고 있다. 현수 내외를 기다린 듯 계단 아래에 서 있었다.

"안톤도 잘 쉬었습니까?"

"네! 잠자리가 아주 편해서 이 저택에선 숙면을 취할 수 있어 좋습니다."

한국산 침대가 무척이나 마음에 든 듯싶다.

"다행이군요."

현수가 고개를 끄덕이자 기다렸다는 듯 묻는다.

"두 분께 커피 올릴까요?"

"부탁해요, 안톤!"

"별말씀을……. 잠시 기다리시면 대령하겠습니다. 신문은 저쪽에 있습니다. 혹시 TV를 보시겠습니까? 리모컨은 저기 저쪽에……."

"아뇨! TV는 되었습니다."

"네! 그럼 주방에 다녀오도록 하겠습니다."

정중히 고개를 숙인 안톤이 총총 걸음으로 사라지자 현수와 이리냐는 창밖 풍광이 잘 보이는 소파에 앉았다.

현수가 팔을 들자 기다렸다는 듯 어깨를 들이밀고는 품속으로 파고든다.

모스크바의 4월 평균기온은 5.4℃이다. 그리고 지금은 이른 아침이다. 바깥은 아직 쌀쌀하다는 뜻이다.

정원엔 겨우내 내렸던 하얀 눈이 녹지 않은 채 쌓여 있다.

초록보다는 흰색이 압도적으로 많은 풍광이지만 담장까지의 거리가 제법 되기에 잠시 동안 시선은 둘 수 있었다.

"눈이 많이 왔었나 보네."

"네에. 며칠 전에도 또 폭설이 내렸어요."

"그래?"

"네, 눈이 와서……."

이리냐의 수다가 시작되었지만 현수는 건성으로 듣는다.

자세히 들어서 기억에 새겨야 할 이야기가 아닌 때문이다.

같은 순간, 현수의 뇌리로 스치는 상념이 있다.

이곳 시각으로 어젯밤에 들은 타날리야의 남편과 모스크바 필하모닉에서 나온 사람들에 대한 활용방안이다.

북적이는 항온의류 판매장을 돌며 손님들의 귀를 즐겁게 해주는 한편 소란스러움을 잠시라도 줄여 매장의 차분함을 유지시키기 위함이다.

놀라운 기량을 가졌지만 해직되어 술로 나날을 보내거나 본인의 적성에도 맞지 않는 허드렛일로 인생을 낭비하는 것을 막아주는 효과도 있을 것이다.

타날리야의 남편은 아내와 딸이 이 저택으로부터 받는 보수가 많기에 술로 나날을 보내도 경제적인 어려움이 적겠지만 다른 사람들은 아닐 것이다.

어린 시절의 현수는 집에서 기르는 강아지가 있었으면 했다. 그런데 경제적 여건이 되지 못해 그러지 못했다.

그러던 중 길고양이 한 마리와 친해졌다.

비가 몹시 오던 어느 이른 봄날 집밖에서 애처로운 소리가 들렸다. 비 오는 소리 때문에 귀를 기울이지 않으면 잘 들리지도 않을 소리였다.

뭔가 싶어 나가 보니 이웃집 담벼락 틈에 오들오들 떨고 있는 새끼 고양이 한 마리가 있었다.

어른 주먹보다 조금 컸으니 태어난 지 얼마 안 된 녀석이 울고 있었던 것이다.

새끼를 두고 어미가 어디로 갔나 싶어 주변을 둘러보았지만 아무도 없었다. 불쌍해 보였지만 어미로부터 떼어놓아선 안 된다는 생각에 집으로 돌아왔다.

이런저런 생각을 하다 간신히 잠들었는데 새벽에 다시 한번 깼다.

모두가 잠자리에 있을 시각이었는데 비가 그쳐서 그런지 아기 고양이의 힘없는 울음소리가 또렷하게 들린 때문이다.

밖으로 나가 보니 비가 와서 아주 쌀쌀한 날씨로 변해 있었다. 그리고 아기 고양이는 어제 그 자리에서 오들오들 떨고 있었다.

조심스레 다가가니 경계하는 눈빛으로 바라보았지만 힘이 없어 그런지 도망가진 않았다.

떨고 있는 녀석을 잡았는데 젖어 있었다. 딱히 비를 피할 만한 곳이 없었던 때문일 것이다.

쌀쌀한 데다 차가운 바람까지 불고 있으니 놔두면 죽을 것 같아 집으로 데려왔다.

마른 수건으로 서둘러 물기를 제거하곤, 따뜻한 물에 밥을 말아서 줬다.

배가 고팠는지 허겁지겁 먹는 모습이 귀여웠다. 녀석은 따뜻한 아랫목에서 잤고 그렇게 며칠이 지났다.

어느 날 밤, 바깥에서 고양이 우는 소리가 들리자 눈을 번쩍 뜨고는 소리가 들린 창문 쪽으로 달려갔다.

현수 생각엔 어미가 찾아온 것 같았다.

며칠 새 정이 들어 내보내기 싫다는 마음이 들었지만 어찌 그러겠는가!

어서 빨리 어미를 만나고 싶다는 듯 아기 고양이는 밤새 울었다. 하여 문을 열어주니 기다렸다는 듯 튀어 나갔다.

녀석은 가끔 눈에 뜨였다. 그때마다 소리내어 불렀지만 한 번도 오지 않았다.

야생성을 되찾아 그런가 싶어 섭섭해하진 않았다. 안타까운 건 제대로 먹지 못하는지 야윈 모습이라는 것이다.

현수는 먹다 남는 반찬 중 고양이가 좋아할 만한 것이 있으면 접시에 담아 내놓았다.

그러다 이웃집 아주머니에게 야단을 맞았다.

계속 먹이를 주면 다른 고양이들까지 꼬이고, 그러면 동네 시끄러워진다고 주지 말라는 것이다.

힘없는 초등학생이 어쩌겠는가!

아직 어린 녀석이라 먹이를 어찌 구하는지 알 수는 없지만 굶어죽을까 걱정되었다.

그리고 그 우려는 현실로 드러났다.

두어 달쯤 지났을 때 이웃집과의 담벼락 사이에서 죽은 녀석을 발견할 수 있었다.

삐쩍 마른 모습이니 굶어 죽은 듯하다.

그때 많이 울었고, 얻은 교훈이 있었다.

자립할 수 있는 능력을 갖출 때까지 도왔다면 괜찮았을 텐데 그러지 못한 것이 자신의 책임이라 여긴 것이다.

다시 말해 누군가를 도우려는 마음이 생기면 화끈하게 돕자고 마음먹은 것이다.

타날리야의 남편 등은 그만한 성취를 얻을 때까지 오랜 세월 동안 끊임없는 노력을 기울였을 것이다.

재능과 노력이 겸비되지 않았다면 모스크바 필하모닉 같이 명성 높은 오케스트라의 단원이 될 수 없기 때문이다.

그럼에도 정치적인 논리 때문에 직장을 잃고, 전혀 재능이 없는 일을 해야 하니 불쌍하다.

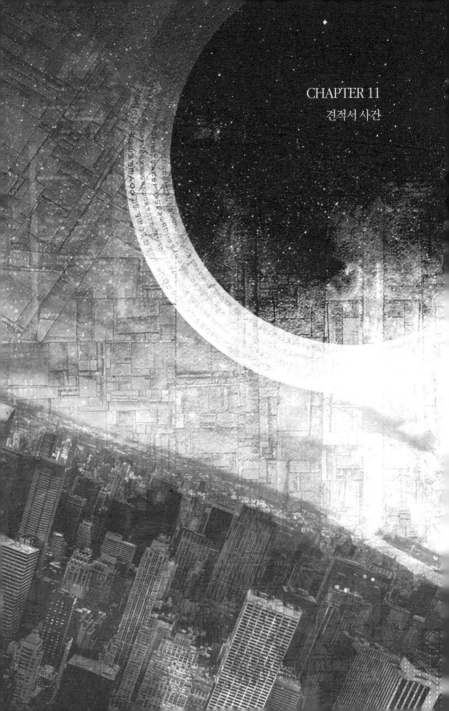

CHAPTER 11
견적서 사건

'흐음! 그렇게 하면 도움이 되겠지. 자치령이 완공되면 그곳으로 데리고 가는 것도 괜찮겠어. 거기에도 예술은 필요하니까. 재능 있는 아이들을 위한 교사도 필요하고.'

현수의 이런 생각은 훗날 이실리프 교향악단, 이실리프 심포니 오케스트라, 이실리프 필하모닉 오케스트라, 이실리프 팝스 오케스트라 같은 연주단들이 탄생하는 계기가 된다.

이들은 전용버스와 전용비행기를 타고 자치령을 돌며 사람들의 귀를 즐겁게 하는 임무를 맡는다.

단원은 러시아뿐만 아니라 우크라이나, 카자흐스탄, 리투

아니아 등 주변국에서 온 예술인들도 포함된다.

실력은 있지만 정치에서 밀려 러시아에 발붙이지 못하고 떠났던 예술인들이 대거 합류하기 때문이다.

"가주님! 커피 가져왔습니다."

안톤의 말이 끝나자 요리장인 타날리야의 딸 플로라가 커피 잔을 내려놓는다.

"맛있게 드십시오, 가주님! 가모님!"

플로라는 검은색 바탕에 흰색 레이스가 달린 전형적인 하녀복 차림이다. 머리에도 흰색 두건을 쓰고 있다.

흰색 스타킹도 신었다.

"안톤! 이 복장은 뭐죠?"

강요해서 이런 복장을 입혔느냐는 의도를 파악했는지 안톤은 빙그레 웃는다.

"아뇨, 플로라가 원해서 입은 겁니다."

"…그래요? 알았습니다."

현수가 고개를 끄덕이자 안톤과 플로라가 물러나려 한다.

"플로라! 플로라의 아빠를 보고 싶은데 연락 가능하지?"

"네? 저, 저희 아빠를요……? 잘못했습니다, 가주님!"

털썩―!

플로라는 얼른 무릎을 꿇는다. 사실 플로라가 이 옷을 입은 이유는 인터넷 때문이다.

이 저택에 고용된 후 이라냐를 보고 많은 것을 느꼈다.

좋은 옷, 좋은 신발, 좋은 액세서리, 좋은 빽, 좋은 화장품, 좋은 차 등 원하는 것은 무엇이든 가질 수 있다.

평생 넉넉하지 못한 삶을 살아왔기에 더욱 부러웠다.

이리냐가 이런 생활을 할 수 있는 건 전적으로 현수 때문이다. 하여 플로라는 한국어를 배우기 시작했다.

그러다 인터넷에 접속하여 한국 남자들이 좋아하는 것이 무엇인지를 검색해 보았다. 신데렐라를 꿈꾼 것이다.

플로라가 본 것 중 하나는 메이드 도우미가 한국을 강타했다는 것이다.

재일교포 중 하나가 명동에 카페를 개설했는데 여종업원의 복장이 화제가 되었다.

이 카페에선 흰색 두건을 쓰고, 검은색 원피스 위에 흰색 앞치마와 흰색 스타킹을 신은 여종업원이 서빙을 한다.

새로운 손님이 들어오면 두 손을 모으고, 허리를 90도로 숙이며 이렇게 이야기한다.

"오늘 주인님을 도울 메이드, 캔디라고 해요."

주문한 것을 가져다주곤 이렇게 이야기한다.

"추가로 주문을 하실 때에는 테이블 위의 종을 울려주세요, 주인님!"

카페를 나설 때엔 등에 대고 이렇게 말한다.

"오늘 즐거우셨나요? 주인님은 언제라도 환영이랍니다. 또 오세요, 주인님!"

이 카페엔 '메이드와 사진 찍기'는 3,000원, '메이드와 게임하기'는 3분당 4,000원이라는 이색 메뉴가 있는데 많은 남자가 찾는다고 한다.

플로라는 인터넷에서 본 하녀복장을 참고하여 지금의 옷을 만들었다. 검은색 원피스, 흰색 두건, 흰색 앞치마, 그리고 흰색 스타킹까지 완벽하게 갖췄다.

이렇게 입고 눈앞에서 알짱거리면 언젠가 주인님의 눈에 들어 신분상승 엘리베이터를 탈 수 있을 것이라 생각한 것이다. 참으로 깜찍한 상상이다.

사실 플로라는 아주 예쁜 아가씨이다.

2012년에 개봉된 영화 '레미제라블'에서 코제트 역을 맡은 아만다 사이프리드(Amanda Seyfried)와 아주 유사하다.

그럼에도 이리냐가 워낙 출중하기에 덜 빛나 보인다.

아무튼 플로라는 자신의 의중을 현수가 파악하고 아빠를 불러 야단치려는 것으로 여겼기에 털썩 무릎을 꿇은 것이다.

"응? 왜? 플로라가 뭘 잘못했는데?"

"흐흑! 잘못했쩌요. 흐흑! 다신 안 그럴게요. 흐흑!"

플로라가 우는 이유를 아는 사람은 아무도 없다.

현수는 물론이고, 이리냐와 안톤도 눈만 크게 뜬 채 영문을 모르겠다는 표정을 짓고 있다.

"플로라! 플로라가 무얼 잘못했는지 모르겠지만 나는 플로라의 아빠와 현악사중주단에 대해 이야기하려는 거야."

"네에……?"

자신의 예상과 너무 다른 말에 언뜻 알아듣지 못한 듯하지만 현수는 자신의 말을 이었다.

"오늘 플로라의 아빠를 만났으면 좋겠어. 빠르면 빠를수록 좋으니까 이곳으로 오시라 해줄래?"

"네! 주인님."

플로라는 얼른 고개를 숙이곤 일어선다. 내심을 들키지 않았으니 잘못한 것도 없다는 생각을 한 모양이다.

플로라가 물러나자 안톤은 한쪽 어깨를 들썩이고는 뒤따라간다.

이 저택의 총관으로서 플로라가 무엇을 잘못했다는 것인지를 캐물으려는 것이다.

주방으로 향하는 안톤의 표정은 굳어 있다. 도난 사건을 떠올린 때문이다.

이리냐는 모델답게 장신구가 상당히 많다. 이미테이션도 있지만 거의 대부분 진품이다. 그리고 상당히 고가이다.

플로라가 그중 하나를 슬쩍했을 수도 있다. 건물생심이기 때문이다. 만일 그렇다면 어찌해야 할지 난감하다.

요리장 타날리야의 딸이기 때문이다.

최악의 경우 죄 없는 타날리야까지 내보내야 하는 생각이
들자 머리가 지끈거린다.

타날리야만큼 정성들여 음식을 만드는 사람도 드물고, 또
그녀는 손맛이 좋아 대강 만드는 것 같아도 매우 맛있는 음식
을 만드는 사람이다.

안톤은 흰머리가 늘겠구나 하는 생각을 하며 이동했다.

"커피 다 식겠어요."

"그래! 마시자."

현수와 이리냐가 커피 잔을 비울 때쯤 타날리야가 왔다. 방
금 전에 통화를 했으니 남편이 곧 올 것이라고 한다.

현수는 고개를 끄덕여 주곤 이 층으로 올라갔다. 옷을 갈아
입고 저택 주변을 둘러보려는 것이다.

이때 서재에서 벨소리가 들린다.

따르릉, 따르르릉—!

"여보세요."

"네! 율인전자 최지원 사장입니다."

"벌써 견적이 나온 겁니까?"

"그럼요! 이 정도는 금방 뽑지요. 그런데 러시아에서 전화
를 거신 겁니까?"

"네, 여긴 모스크바입니다. 참, 전화요금 많이 나오겠습니

다. 끊으세요. 제가 걸겠습니다."

"…네."

최 사장은 아니라 하려 했지만 국제전화이니 요금이 얼마나 많이 부과될지 알 수 없었다.

방금 전 최 사장은 별 생각 없이 러시아로 국제전화를 걸었다. 분당 2,013원이라는 요금 폭탄을 맞을 수 있는 국선으로 통화를 한 것이다.

어쨌거나 현수가 다시 전화를 걸자 최 사장이 받는다.

"견적이 얼마나 나왔는지 알려주시겠습니까?"

"네! 그런데 전화로 이야길 하려면 시간이 조금 걸릴 것 같아 방금 전에 팩스를 보냈습니다. 그걸 보시고 통화하는 게 나을 것 같습니다만."

"아! 그래요? 아, 들어오네요. 잠시만요."

대답하는 사이에 팩시밀리가 종이 한 장을 토해놓는다.

율인전자의 견적서 양식인데 주문 수량에 따른 단가가 표기되어 있다.

1,000개, 3,000개, 5,000개, 10,000개로 구분되어 있다.

주문 수량이 늘수록 단가가 싸지는 것이 확연하다. 이때 최 사장의 말이 이어진다.

"사장님, 지금 팩스 하나 더 넣었습니다. 보내주신 도면과 사양서대로 만드는 것보다는 이렇게 하는 건 어떨까 싶어 스케치한 겁니다."

최 사장이 일감을 따내기 위해 애쓰는 것이 눈에 선하다.

"네, 들어오네요. 잠시만요."

또 통화가 잠시 끊겼다. 현수는 자신이 보내준 것보다 한결 세련된 디자인을 볼 수 있었다.

"제가 보내드린 건 저희 회사에 금형(Metallic mold)이 있는 겁니다. 그걸로 바꾸시면 견적 가격 중 금형비의 50% 정도는 빼서도 됩니다. 조금만 손보면 되거든요."

수량이 적으면 단가 중 금형비용이 차지하는 비중이 크다.

그렇기에 가급적 싼 가격에 납품하려고 기존에 사용했던 것을 재활용하려는 모양이다.

"최 사장님!"

"네, 사장님."

"견적 잘 받았습니다. 주문을 하면 납품까지 시간은 얼마나 걸리겠습니까?"

"그야 수량에 따라 다르지요. 얼마나 제작하려는 겁니까?"

"일단은 10만 개 정도로 하죠."

"네……? 뭐라고요?"

최 사장의 음성이 확연하게 커진다. 예상했던 것보다 수량이 훨씬 많기 때문일 것이다.

"일단은 10만 개를 주문할게요."

"자, 잠시만요."

최 사장은 당황한 듯 말을 더듬는다. 그러는 사이에 수화기를 통해 저쪽의 소음이 들려온다.

"10만 개나 주문한대요?"

"헐! 대박……. 요즘 같은 불경기에……. 사장님 이거 절대 놓치지 말아요. 요즘 일 없어 놀고 있잖아요."

"사장님! 10만 개면 부품도 조금 더 싸게 들여올 수 있어요. 이거, 그리고 이거는 90% 정도에, 이건 80%만 줘도 될 거예요. 그리고 이건……."

율인전자의 직원 중 누군가가 계속해서 이야기한다.

사장은 송화기를 막는다고 막았지만 손가락 사이에 틈이 있어 다 들린다.

사장은 직원과 대화를 하며 최대한 깎을 수 있는 게 얼마인지를 계속해서 묻는다. 어떻게 하든 낮은 가격을 만들어 거래를 성사시키려는 속내가 느껴진다.

현수는 최 사장이 양심적이라는 생각을 했다.

아무 생각 없이 인터넷으로 검색해서 연락한 건데 좋은 사람을 만났다는 생각에 기분이 좋아졌다.

그러는 사이에 누군가 계산기 두드리는 소리가 들린다.

저쪽 상황은 보지 않아도 짐작된다.

현수와의 거래에 다들 흥분한 듯한 음성이다. 그렇게 잠시의 시간이 흘렀다.

"저어, 사장님!"

"네, 말씀하세요."

"10만 개 주문이시면 10,000개짜리 견적가에서 15%를 빼서도 되겠습니다."

그렇지 않아도 현수의 예상보다 금액이 적다고 생각했는데 또 15%를 빼라고 한다. 당연히 기분이 좋다.

이때 최 사장의 말이 이어진다.

"그런데 납품 장소는 어디입니까? 러시아까지 보내려면 운송비용이 만만치 않아서……."

"납품은 이실리프 무역상사로 하십시오. 거기서 이쪽으로 보내줄 테니 이곳까지의 운송은 걱정 안 하셔도 됩니다. 그리고 케이스 없이 벌크로 보내주셔도 됩니다."

"아! 그래요? 그럼 비용을 조금 더 빼……."

최 사장의 말이 이어지기 전게 현수가 먼저 입을 열었다.

"제가 러시아에 있어서 계약서를 쓸 수 없습니다. 그러니 이실리프 무역상사로 가셔서 이은정 사장을 만나십시오. 제가 이야기해 놓겠습니다."

"네?"

"참, 제가 누군지 말씀 안 드렸군요. 저는 김현수라 합니다. 천지건설에 있죠."

"네에……? 누, 누구시라고요?"

"천지건설 부사장 김현수입니다. 이실리프 그룹 회장이기도 합니다. 그러니 이은정 사장과 만나서 계약서를 작성하세요. 참! 납품대금은 전액 현금으로 계약과 동시에 지불될 겁니다."

상당히 양심적인 사람이라 생각된다.

그러니 제대로 된 제품을 만들어서 보낼 것이고, 불량이 있다면 알아서 조치를 취해줄 것이다.

납품까지 시간이 얼마나 걸릴지 알 수는 없지만 그리 길지 않을 것이고, 어차피 지불해야 할 돈이다.

일반 소비자를 상대하지 않는 중소기업은 계속된 불경기 때문에 죽을 맛이다.

대기업에 납품한 중소기업 중 22.9%는 어음으로 대금을 지급받는다. 180일짜리 어음을 받으면 납품 후 6개월을 기다려야 현금을 받는다는 소리이다.

1차 업체가 어음으로 대금을 지급받는 경우 2·3차 업체는 1차 업체로부터 현금 결제를 받기란 사실상 불가능하다.

어음 만기일 전에 중간업체 중 한 곳이라도 부도가 나면 다 같이 망하게 된다.

사정 넉넉한 중소기업은 드물기 때문이다.

율인전자는 2차 납품업체에 해당된다. 하여 열악한 경영환경에 허덕이고 있었다.

현수는 이를 짐작하여 대금을 선불로 지급하라는 지시를 내리려는 것이다. 어쨌거나 최 사장은 몹시 놀란 듯 말꼬리를 올린다.

"네에……?"

계약서 작성과 동시에 물건도 안 받았는데 돈을 다 준다는 이야긴 들어본 적도 없다.

그렇기에 경악성을 낼 때 현수의 말이 이어진다.

"사장님이 좋으신 분 같아서요. 믿어도 되죠? 참! 1차 주문은 10만 개지만 2차, 3차 주문이 계속 있을 겁니다. 그때는 주문 물량이 100만 개 단위가 될 겁니다."

"……!"

100만 개라는 소리에 최 사장은 유체이탈을 경험하는지 아무런 대꾸도 없다. 그럼에도 현수의 말은 이어진다.

"4차 주문쯤에는 500만 개 단위가 될 겁니다. 어쩌면 더 많을지도 모르고요."

선택적 항온유지장치는 거의 모든 방에 필요하다. 최하급 마나석을 쓰는 대신 마법 구현 범위가 좁기 때문이다.

예를 들어 러시아 이실리프 자치령엔 최하 500만 명 정도가 기거하게 될 것이다.

4인 1가구라면 125만 가구이다.

침실 4개, 거실, 부엌, 화장실에만 선택적 항온유지장치를 설치할 경우 875만 개가 필요하다.

자치령엔 주택뿐만 아니라 온갖 건축물이 다 필요하다.

극장, 쇼핑센터, 여관, 음식점, 놀이동산, 주민센터, 사무실, 공장 등등이다.

이것들에도 항온유지장치는 필요하다.

어쩌면 가정용보다 더 많이 필요할 수도 있다. 그래서 자치령 하나당 2,000만 개 이상이 있어야 한다고 생각했다.

그렇기에 500만 개 이상이라는 말을 한 것이다.

"끄응……! 털썩―!"

최 사장이 주저앉는 소리에 이어 누군가의 음성이 수화기를 타고 현수의 귀로 들어온다.

"사, 사장님! 왜 그러십니까?"

"사장님! 어디 아프세요? 사장님!"

현수는 최 사장이 정신을 찾을 때까지 기다렸으나 금방 회복되지 않은 듯하다.

넋이 제법 멀리 달아난 모양이다.

잠시 후 누군가 전화를 드는 소리가 들린다.

"여보세요. 전 사무실의 미스 양인데요. 저희 사장님이 조금 이상하세요. 그러니 제게 말씀해 주시면 메모했다가 전해 드릴게요."

"그래 줄래요? 사장님께 오늘 이실리프 무역상사로 가시라

하세요. 가실 때 견적서와 사업자등록증 사본, 그리고 통장 사본도 가져가시라 하세요."

"네, 네!"

미스 김은 현수가 한 말을 그대로 메모했다.

"10만 개에 대한 견적서는 팩스로 넣어주시구요."

"알겠습니다. 바로 넣어드리겠습니다."

통화를 마치고 얼마 지나지 않았을 때 새로운 견적서가 들어왔다.

개당 단가를 확인해 보니 10,000개 때보다 17.3%나 저렴하다. 물량이 많으니 부품을 더 싼 가격에 납품받을 수 있어서 이러할 것이다.

현수는 최 사장의 상태를 알 수 없어 전화 대신 문서를 작성해서 팩스로 보냈다. 다음이 그 내용이다.

최지원 사장님께.

보내주신 견적서 잘 받았습니다. 견적 가격이 예상보다 저렴해서 매우 흡족합니다.

저는 좀처럼 살아나지 않는 경기의 여파로 많은 중소기업이 어려움을 겪고 있다는 보도를 접한 바 있습니다.

율인전자의 재정상태는 어떤지 모르겠습니다만 귀사에 반제품이나 부품을 공급해주는 업체들은 어쩌면 힘든 시절을 보내고 있을 수도 있다 생각합니다.

그래서 제안을 드립니다.

새로 보내주신 견적 가격이 아닌 이전에 보내주신 10,000개를 기준으로 한 단가에 귀사와 계약을 맺고 싶습니다.

조건은 10,000개 납품 단가를 귀사에 반제품이나 부품을 공급하는 업체에도 적용해 주었으면 하는 겁니다.

그리고 저희가 현금으로 대금을 선지불하는 것처럼 율인전자도 그래주십시오.

조금 이상하다 생각하시지요?

아시다시피 이실리프 무역상사는 해외수출 등으로 제법 많은 돈을 벌어들이고 있습니다. 율인전자처럼 양심적으로 상품을 제작하는 회사들 덕분이지요.

저는 부모님으로부터 돈을 어떻게 버느냐도 중요하지만 어떻게 쓰느냐도 중요하다고 배웠습니다. 그러니 제가 나눔을 실천할 수 있도록 도와주십시오.

부탁드립니다.

이실리프 무역상사 김현수 배상

나중 일이지만 현수가 보낸 이 팩스는 최 사장을 비롯한 율인전자 사람들만 감동시킨 것이 아니다.

율인전자와 거래하는 부품 공급업체와 반제품 공급업체의

전 직원의 마음도 움직였다.

뿐만이 아니다.

율인전자 미스 양은 자신의 블로그에 팩시밀리 내용 등을 정리해서 올린다.

이것이 사방팔방으로 리트윗(Retweet)되면서 하루가 지나기도 전에 대한민국에서 가장 영향력 높은 포탈에서 검색어 순위 1위에 오른다.

수많은 네티즌이 이를 보고 댓글을 단다.

─ 헉! 역시 국민전무시다.

─ 이 사람아! 국민 전무라니? 김현수 님은 이실리프 그룹 회장이셔. 게다가 축구의 신이기도 하시지.

─ 맞아, 축구의 신! 김현수 회장을 국가대표로.

─ 축협은 뭐하냐? 또 파벌 싸움하지? 축구의 신을 대표선수로 선발하지 않으면 대체 누굴 국가대표로 뽑을 거냐?

─ 축구의 신! 계약 따내는 신! 착한 일 하는 신!

─ 작사, 작곡의 신이기도 하다네, 친구!

─ 정말 화끈하다. 거래대금 전액을 현금으로 선결재하다니. 정말 중소기업의 어려움을 잘 아는 분이시다.

─ 재벌들은 뭐하냐? 이런 건 빨리 보고 배워라.

─ 쯔읍! 돈 많다고 지랄하네. 이거 보여주기 위한 짜고 치는 고스

톱이지? 속 보인다, 속 보여. 이런 거에 부화뇌동하는 골빈 네티즌들이라니⋯⋯. 한심하기 이를 데 없구만. 쩝이다.

이 마지막 댓글을 달았던 사람은 1시간도 안 되어 신상이 탈탈 털린다. 20대 후반인 닉네임 '덕후'가 근무하는 곳은 경기도 안성에 소재한 철인가구라는 중소기업이다.

가구를 제작하여 옥션이나 G마켓 같은 인터넷 쇼핑몰에서 소비자에게 직판하는 회사이다.

'덕후'의 댓글이 미친 파장은 상당히 컸다.

철인가구에 기(旣) 주문된 것은 모두 취소되었고, 배송된 것은 수취거절을 당했다.

하루에 수백 건에 달하던 주문건수는 제로가 되어버렸다.

회사는 항의전화 때문에 업무를 볼 수 없게 되었고, 동시에 대대적인 불매운동이 벌어졌다.

사회의 암적인 존재인 '덕후' 같은 놈에게 월급 주는 회사의 제품은 사지 말자는 것이다.

이 회사가 진출되어 있던 옥션이나 G마켓까지 항의전화가 걸려가기 시작하자 사장은 '덕후'를 불렀다.

그리곤 회사에 막대한 손실을 끼쳤으며, 명예를 더럽혔으므로 사규에 따라 해고함을 통보했다.

'덕후'는 억울하다면서 반성문을 게시하겠다고 했지만 해고는 번복되지 않았다.

즉시 나가지 않으면 '덕후'로 인한 손해배상을 청구하겠다는 말에 허둥지둥 짐을 싸야 했다.

그러는 동안에도 '덕후'의 댓글들은 털렸다. 예상대로 현수가 가장 혐오하는 사이트의 회원이다.

철인가구 사장은 자사 홈페이지에 반성문을 올렸다.

국민 여러분!

진심으로 사죄의 말씀을 올립니다.

이실리프 그룹 김현수 회장님의 인격을 모독한 닉네임 '덕후'는 금일 당사로부터 해고되었음을 알려드립니다.

참고로, '덕후'가 남긴 댓글은 당사와는 전혀 무관한 일입니다.

향후 저희 회사는 '덕후'가 활동하던 사이트의 회원은 직원으로 채용하지 않을 것임을 분명히 밝힙니다.

아울러 '덕후'로 인해 직접적으로 인격모독을 당하신 김현수 회장님께는 돈수백배16) 드립니다.

정말 죄송합니다. 부디 너그러운 용서를 빕니다.

철인가구 대표이사 김근호 드림

---

16) 돈수백배(頓首百拜) : 머리가 땅에 닿도록 수없이 계속 절을 함.

졸지에 실업자가 된 덕후는 다른 회사에 취직하려 이력서를 내지만 모두 거절당한다.

신상이 탈탈 털려 버린 결과이다.

덕후를 알고 있는 사람들은 거의 모두 전화를 걸어 욕을 했다. 이들 중엔 덕후의 부모도 있다.

시장에서 채소장사를 하고 있었는데 덕후가 전 국민의 분노를 산 장본인이라는 소문이 번지자 하루 매출이 10분의 1로 뚝 떨어진 때문이다.

덕후의 부모는 한심한 자식을 더 이상 뒷바라지 해줄 생각 없으니 짐 싸서 독립하라는 선언을 했다.

직장뿐만 아니라 집에서도 쫓겨난 것이다. 자업자득인 걸 어쩌겠는가!

졸지에 갈 곳이 없어진 덕후는 PC방을 전전한다. 이런 걸 인과응보라 할 것이다.

어쨌거나 최 사장은 정신을 차리고 곧장 이실리프 무역상사로 전화를 걸었다.

이은정 사장은 오는 즉시 계약서 작성을 할 것이니 몇 가지 준비물을 요구했다.

사업자등록증 사본과 통장 사본, 그리고 회사 인감이다.

만사를 제쳐두고 찾아가 순조롭게 계약을 마쳤다.

최 사장이 이실리프 무역상사 사무실 소파에서 일어설 때엔 10만 개에 대한 대금 전액이 현금으로 송금되어 있었다.

점심을 굶었지만 전혀 배가 고프지 않았다.

최 사장은 회사로 귀환하는 동안 세 번이나 이실리프 뱅크 자동화기기 코너에서 잔액을 확인했다.

정말로 믿어지지 않는 일이 벌어진 때문이다.

같은 시각, 현수는 저택 1층 접견실 의자에 앉아 있다.

이 방엔 전직 판사인 유리 파블류첸코와 전직 검사 안드레이 자고예프, 그리고 테리나와 그녀의 두 동생 빅트로와 세르게이가 있다.

현수의 곁에는 이리냐가 있다.

참고로, 유리 파블류첸코는 올가의 남편이며, 러시아의 원자력을 총괄하는 로스 아톰(Ros Atom)의 사장 아들이다.

안드레이 자고예프는 나타샤의 부군이며, 러시아의 항공기 제작사들이 합병되어 만들어진 거대 기업 UAC의 부사장의 하나뿐인 아들이다.

"회장님, 자치령이 너무 광활하여 측량을 마치는 데만 몇 년이 걸릴 것 같습니다."

유리의 말이 끝나자 안드레이가 말을 잇는다.

"자치령 내에 상당히 많은 야생동물이 서식하고 있습니다.

확인된 바에 의하면 늑대와 곰, 그리고 호랑이가 있습니다. 조치를 취하지 않으면 자칫 인명 피해가 우려됩니다."

예상되었던 말이기에 현수는 가볍게 고개를 끄덕이곤 빅토르와 세르게이를 바라보았다.

먼저 입을 연 건 빅토르이다.

"중장비 수급에 문제가 있습니다."

"건축자재도 마찬가지입니다."

현수는 먼저 빅토르에게 시선을 주었다.

"빅토르! 중장비 제조업체를 인수한 뒤 규모를 늘리도록."

"네, 알겠습니다.

"세르게이는 제대로 된 자재를 생산하는 업체를 인수하거나 새 회사를 만들게."

돈이 많으니 회사를 인수하는 것은 어렵지 않지만 새로운 것을 만들어 정상화시키는 것은 어려운 일이다.

하지만 이것 역시 마음만 먹으면 불가능한 일이 아니다. 돈과 권력이 이를 가능하게 만든다. 하여 고개를 끄덕인다.

"…알겠습니다."

"테리나는 법률 자문을 맡도록!"

"네, 회장님!"

테리나가 고개를 끄덕이자 유리와 안드레이의 프레젠테이션이 시작되었다.

자연 그대로인 자치령의 곳곳을 헬기를 타고 영상으로 찍어 온 것이다. 그래도 다 찍은 것은 아니라 한다.

주거지에 적합한 곳, 농경지가 될 수 있는 곳, 그리고 경관이 뛰어나 보존해야 할 곳들에 대한 설명이 이어졌다.

전문가들의 계산에 의하면 약 10만㎢ 중 41%에 해당하는 약 4만 1,000㎢가 농경지로 조성된다고 한다.

지구의 밀의 단위면적당 수확량은 2.3톤/ha이다. 1㎢당 230톤이 생산된다는 것이다.

러시아 이실리프 자치령에서 밀만 재배할 경우 943만 톤을 수확할 수 있다. 이는 지구의 밀 종자를 심었을 때이다.

성녀가 개량한 종자를 파종할 경우는 이보다 6.25배가 많은 약 5,894만 톤을 수확할 수 있다. 이는 2011년 기준 세계 3위 밀 수확국가인 러시아와 비견된다. 러시아는 총 5,624만 톤을 생산해 냈다. 참고로 세계 1위는 지나로 1억 1,741만 톤을 생산했고, 인도는 8,587만 톤을 생산했다.

만일 성녀의 종자에 아리아니의 가호가 더해진다면 수확량은 1㎢ 당 2,587.5톤으로 늘어나게 된다.

성녀의 신성력만 작용할 때보다 무려 1.8배나 많다.

대지의 여신인 가이아는 토양의 비옥함을 관장하지만 아리아니는 식물 그 자체의 생육과 성장까지 관여할 수 있기 때문이다.

이실리프 자치령엔 농경지만 조성되는 것이 아니다. 소, 돼지, 양, 염소, 닭 등도 상당히 많이 사육된다.

이것들의 배설물은 질 좋은 유기비료로 가공 가능하다.

아리아니의 능력과 유기비료의 결합은 더 많은 생산을 가능하게 해준다. 결과부터 말하자면 러시아 이실리프 자치령의 밀 수확량은 1㎢당 약 3,105톤이다.

밀만 재배할 경우 1억 2,730만 5,000톤까지 수확할 수 있게 되는 것이다.

이는 세계 최대 밀 생산국인 지나의 그것보다도 많은 양이다. 전 세계 밀 수확량의 18.08%가 러시아 이실리프 자치령에서 생산되는 것이다.

몽골은 지형이 평탄하여 러시아보다도 농경지가 더 많이 조성되는 곳으로 짐작되고 있다.

나중의 일이지만 총 조차지 면적 10만 8,123㎢의 약 67%인 72,440㎢가 농경지가 된다.

실로 어마어마한 넓이이다.

이곳에서도 밀만 재배할 경우 2억 2,492만 6,200톤을 수확할 수 있다. 세계 수확량의 31.94%에 해당된다.

러시아와 몽골의 조차지에서 생산되는 것을 합치면 전 세계 수확량의 50.02%가 된다.

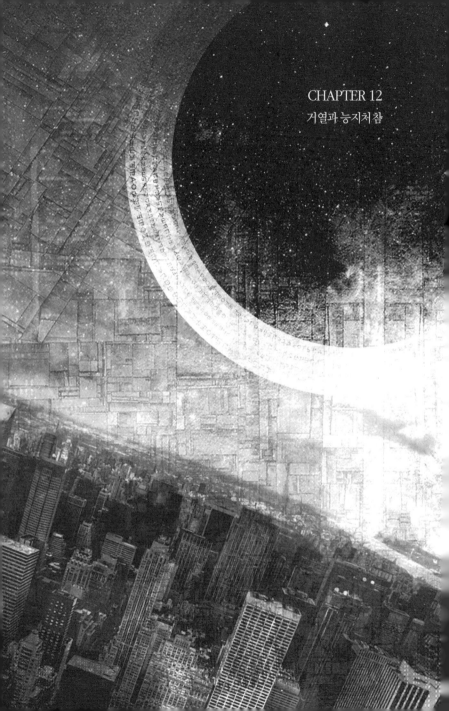

CHAPTER 12
거열과 능지처참

현재 국제 곡물시장에는 5대 곡물 메이저가 있다.

미국의 카킬(Cargill)과 아처 다니엘스(ADM), 프랑스의 루이 드레퓌스(LDC)와 아르헨티나의 붕게(Bunge), 그리고 스위스의 앙드레(Andre)가 그들이다.

이들은 막대한 자금력을 동원하여 농산물 생산지와 미국, 시카고, 선물거래소 등에서 곡물을 사들인다.

일종의 매점매석이다.

이것을 각국 정부 등에 판매하는 과정에서 엄청난 이윤을 거두어들이는 농업분야의 거대 공룡이 5대 메이저이다.

이들이 취급하는 것은 밀과 옥수수 같은 곡물만이 아니다.

씨앗에서부터 시작하여 가공식품, 농약, 살충제, 생명공학에 이르기까지 식량과 관련된 거의 모든 분야에 손을 대고 있다.

뿐만 아니라 물류를 위한 선박회사나 저장시설, 운송회사까지 가지고 있어 다른 운송회사나 물류업체가 곡물거래에 파고들 여지조차 없애 버렸다.

한편, 2014년 현재 대한민국의 현주소는 다음과 같다.

농민수 6%(290만 명)

식량자급률 22%(쌀 개방 시 2.7%로 하락)

국내 곡물시장의 80% 카길이 점유

국내 종자시장 몬산토[17]가 장악

세계 2위 곡물 수입국(2008년엔 5위)

식량자급률 OECD 꼴찌

평야 면적당 인구수 세계 1위

이제 명실상부하게 한국인의 먹는 문제는 전적으로 카길과 몬산토의 손아귀에서 좌지우지된다.

IMF 위기 때 국내 종자분야 1위였던 흥농종묘와 3위 중앙

---

17) 몬산토(Monsanto) : 미국의 다국적 농업생물공학 기업.

종묘는 몬산토에 흡수, 합병당했다.

이 외에도 서울종묘는 신젠타에, 청원종묘는 일본 사카다에 각각 M&A되면서 국내 4대 종자기업 모두 넘어갔다.

그 결과 국내 토종 유전자원과 육종기술이 유출되었고, 막대한 로열티를 지급해야 했다.

이것은 재배농가뿐만 아니라 농산물과 식품을 소비하는 국민 모두에게 고스란히 전가되었다.

한국인의 식탁에서 빠질 수 없는 무, 배추, 고추 등 토종 채소 종자의 절반이 다국적 기업이 소유권을 가졌다.

이 밖에 양파, 당근, 토마토의 경우는 80% 이상을 장악당해 종자주권 상실과 식량안보 위기를 겪고 있는 중이다.

칼칼한 맛을 내는 청양고추가 몬산토 소유라는 것을 아는 사람은 많지 않을 것이다.

일련의 일들은 지극히 근시안인 정치인들이 병신같이 어물어물하는 사이에 이루어진 일이다.

참고로, 몬산토는 흔히 GMO라 부르는 유전자 재조합 식품(Genetically Modified Organism)의 90%를 소유하고 있는 기업이다.

이 기업은 미국에서도 '죽음을 생산하는 기업'이라는 평가를 받고 있다.

유전자 조작 감자가 한 예가 될 것이다.

미국에선 이를 식품으로 분류하지 않고 살충제로 분류하고 있다. 그래서 미국환경보호청 EPA의 관리를 받는다.

어쨌거나 이전 정부에선 농업개방이 불가피하다며 전격적으로 시장을 개방했다.

그러면서 공산품을 수출해서 경제도 살리고, 농업도 지원하는 정책을 펼치겠다고 했다.

결론부터 말하자면 이 정책은 실패했다.

이로 인해 수많은 농촌 공동체가 해체되었고, 수많은 농민이 도시 빈민으로 전락해 버렸다.

그 결과 대폭적인 경작지 감소로 식량 자립은 꿈도 꿀 수 없게 되었다.

참으로 '병신 같은 정치인들'이 빚어낸 결과이다.

이 죄는 나라를 팔아먹는 것과 같으므로 광화문 네거리에서 거열[18]하거나 능지처참[19]하는 것으로도 부족하다.

멍청한 정책으로 대한민국이 영원히 농업 자립과 식량 주권을 회복할 수 없도록 만들었기 때문이다.

하지만 현수는 이에 해당되지 않는다.

몬산토로부터 어떠한 종자도 구입하지 않을 것이고, 카길 등으로부터 곡물을 사들이는 일은 더더욱 없을 것이다.

---

18) 거열(車裂) : 육시(六弑)라고도 한다. 네 마리나 다섯 마리의 말이 끄는 마차를 사지에 묶고 달리게 하여 사지를 다섯 토막이나 여섯 토막으로 찢어버리는 형벌.

19) 능지처참(陵遲處斬) : 산 채로 살을 회 뜨는 형벌. 반역 등 일급의 중죄인에게 실시하는 가장 무거운 형벌.

아르센 대륙과 러시아, 몽골, 콩고민주공화국, 에티오피아, 우간다, 케냐에 조차지가 있기 때문이다.

종자는 아르센 대륙의 성녀 스테이시 아르웬이 개량해 낼 것이다. 이것은 몬산토가 가진 그 어떤 종자보다도 병충해에 강하고 수확량이 많을 것이다.

마음껏 농사를 지을 조차지는 이 작물이 성장하는 최적의 환경이 될 것이다. 이곳엔 가뭄과 홍수, 태풍, 우박 같은 자연재해가 일어나지 않는다. 바람과 땅, 그리고 물과 불의 최상급 정령들이 있기 때문이다.

이들의 능력이라면 자연재해 정도는 얼마든지 비껴가게 할 수 있다.

게다가 대지의 여신 가이아의 신성력과 아리아니의 능력, 그리고 질 좋은 유기비료까지 더해지면 흉작은 있을 수 없는 일이 된다.

이 둘이 조합되어 만들어지는 무지막지한 수확량은 6개국 정부에 판매하고 남은 것만으로도 남, 북한을 100% 충족시키고, 다른 나라로 수출까지 가능하다.

세계 2위 곡물 수입국인 대한민국이 어느 날부터 곡물과 사료를 하나도 수입하지 않는다면 카길은 무척이나 당황스러울 것이다.

막대한 양을 수입하던 수요자가 사라지면 공급이 넘치니

값이 하락할 것이므로 다른 나라에도 이득이 될 일이다.

현수가 종자를 공급하겠다고 나서면 몬산토엔 큰 타격이 될 것이다.

지금껏 사용하던 것보다 몇 배나 많은 수확량을 보이고, 유전자를 조작하지 않아도 병충해에 강한 종자가 있다면 거의 모든 농부가 기꺼이 거래선을 바꾸겠다고 할 것이다.

이는 몬산토와 5대 메이저가 동반 몰락하는 도화선이 될 것이다.

현수는 몬산토와 5대 곡물메이저는 반드시 손을 봐서 몰락시켜야 한다고 생각하고 있다.

카길을 제외한 나머지가 유태자본이기 때문이다. 카길도 유태인의 것인지 여부는 조금 더 조사해 봐야 한다.

아무튼 자치령에서는 농업뿐만 아니라 어업도 진행된다. 수산물도 공급되어야 하기 때문이다.

한국에서처럼 광어, 가재, 새우, 장어, 게, 쏘가리, 송어, 향어 등을 양식할 예정이다.

그런데 러시아의 하천엔 많은 민물고기가 서식한다.

레시, 싸잔, 까르프, 오꾼, 까라시, 슈까, 린, 삐스까리, 아쇼뜨르, 빨로뜨바, 로딴, 쏨, 수닥, 하리우스 등이다.

참고로 아쇼뜨르(Осётр)는 철갑상어이다. 이것의 알을 소금에 절인 것이 캐비어(Caviar)이다.

오꾼은 민물 볼락이다. 다 자라면 1m 정도 된다. 쏨은 메기류인데 5m짜리도 잡힌다.

이런 것들이 잡는 사람이 없어 물 반, 고기 반이라는 말이 거짓말로 들리지 않는 곳도 많다.

아리아니와 물의 정령의 능력만으로도 이들이 잘 자랄 수 있도록 해줄 수 있고, 적당히 솎아주는 정도만으로도 필요한 양을 충분히 공급할 수 있을 것이다.

자치령은 넓지만 인구는 그리 많지 않을 것이기 때문이다.

유리와 안드레이의 프레젠테이션은 제법 오랜 시간이 걸렸다. 그중 인상적이었던 것은 조차지를 총괄하는 곳 인근에 자리 잡게 될 자연보호구역이다.

조감도를 보니 곳곳에 여가를 즐길 수 있는 방갈로[20]와 펜션들이 배치되어 있다.

커다란 호수와 멋진 주상절리로 이루어진 절벽이 보이는 언덕 꼭대기엔 샹보르성관[21] 같은 건물이 있다.

자작나무가 울창한 숲 한가운데 우뚝 솟아 있는 이것은 현수의 별장이라 한다.

규모를 물어보니 샹보르성관과 비슷한 크기라 한다.

'흐음! 항온마법진이 500개 이상 필요하겠군.'

---

20) 방갈로(Bungalow) : 넓은 베란다가 딸린 단층주택.

21) 샹보르성관(Chateau de Chambord) : 1519년 프랑수아 1세에 의해 사냥터에 있던 저택을 개조한 성. 루아르 지방에 있는 성 중 가장 크고 화려하다. 내부에는 440개의 방과 365개의 벽난로가 있다.

현수는 고개를 끄덕이곤 다음 설명을 들었다. 생각보다 치밀하게 진행된다는 느낌이다. 유리와 안드레이 모두 러시아에서 수재 소리를 듣던 사람들이니 당연하다.

그럼에도 곳곳에 허점이 있어 지적해 주자 감탄사를 터뜨린다. 똑똑한 자신들도 미처 생각하지 못한 것을 알려주니 왜 안 그렇겠는가!

그러다 이내 고개를 끄덕인다.

현수가 수학 6대 난제를 모두 풀어내고, 페르마의 마지막 정리를 새로운 방법으로 증명해 낸 천재 중의 천재라는 걸 떠올린 것이다.

프레젠테이션은 별 탈 없이 끝났다. 모인 김에 점심을 먹고 잠시 쉬는데 타날리야가 찾아왔다.

"주인님! 제 바깥양반이 왔습니다."

"아! 그래요? 들어오라고 하세요."

"네! 뭐해요? 어서 들어와요."

문밖에 있던 사내는 쓰고 있던 모자를 벗으며 들어선다. 다소 긴장한 듯 쭈뼛거린다는 느낌이 든다.

"반갑습니다. 김현수라 합니다."

"아! 네에. 발레리 이즈마일로프라 합니다."

"자리에 앉으시죠. 타날리야! 쉐리엔 주스 부탁해요."

"네? 아, 네에. 알겠습니다."

쉐리엔 주스는 안톤도 일주일에 한 번 정도만 맛보는 진미 중의 진미이다.

현수와 이리냐는 언제든 마시고 싶을 때 마시라고 했지만 감히 그럴 수 없기에 스스로 자제하는 것이다.

안톤이 이러하니 타날리야 등은 어떻겠는가!

보름에 한 잔씩 마시는데 아예 작정을 하고 마신다.

쉐리엔 고유의 맛과 향을 고스란히 즐기기 위해 시간을 비워놓고 맛보는 것이다.

저택을 찾은 손님도 현수나 이리냐를 만나러 온 사람이 아니면 절대 내주지 않는 것이 쉐리엔 주스이다.

그런 귀한 걸 남편에게 주려한다니 기분이 좋아진 타날리야는 저도 모르게 콧노래를 부르며 엉덩이를 흔들었다.

마침 주방으로 들어온 하녀장 타찌아나가 묻는다.

"언니, 무슨 좋은 일이라도 있어? 뭔데 그렇게 기분이 좋아서 콧노래까지 부르는 거야?"

"아! 타찌아나. 가주님께서 발레리를 부르셨어."

"형부를……? 왜?"

"플로라에게 이야길 들어보니 현악사중주단을 만드시려나 봐. 그래서 우리 그이를 불렀어."

"아! 그래? 축하해. 언니! 형부가 꽤 오래 놀았는데 이제 좀 좋아지겠네."

"그치? 호호, 호호호! 랄랄라, 랄랄랄랄~!"

타날리야는 너무도 기분이 좋아 큰 소리를 낸다.

주방 하녀들도 발레리가 채용되면 좋겠다는 생각이다.

참 좋은 사람인데 시절을 잘못 만나 고생한다 여기던 차이기 때문이다.

같은 시각, 발레리는 긴장된 표정으로 두리번거리고 있다. 아내가 근무하는 곳이지만 한 번도 못 와본 곳이다.

온갖 좋은 것을 무상으로 베푸는 통 큰 주인님은 레드 마피아를 총괄하는 이바노비치의 막내사위이며, 절대 권력의 상징이 되어버린 블라디미르 푸틴과 막역한 사이라 한다.

게다가 어마어마하게 돈도 많지만 한 번도 인상을 찌푸리거나 신경질 내는 모습을 보이지 않은 신사이기도 하다.

나이가 30살이니 자신보다 훨씬 어리다.

그런데 마주 볼 수가 없다. 어쩌다 시선이 마주치면 압도당하는 느낌이 든 때문이다.

이는 현수가 발레리의 얼굴을 유심히 바라보고 있어서 그렇다. 발레리는 방금 전까지 괜찮았는데 금방 홍조를 보인다.

'흐으음! 그레이브스병(Graves disease)이군.'

이것은 갑상선 기능 항진증 증상을 나타내는 자가면역질환이다. 바제도병(Basedow's disease)이라고도 한다.

현수는 발레리의 눈알이 약간 돌출된 상태를 보고 이 같은 진단을 내렸다.

"미스터 이즈마일로프!"

"네, 회장님! 근데 그냥 발레리라 불러주십시오."

모스크바 필하모닉 단원일 때는 꼿꼿한 자존심으로 유명
했지만 오랜 실직 기간이 그를 의기소침하게 만든 듯하다.

"좋아요, 발레리! 식성은 괜찮은데 체중이 감소하지요? 맥
박이 빨라져 가슴이 빨리 뛰는 것도 느껴집니까? 식사할 때
손을 떠는 증세가 나타나요?"

"네? 그, 그걸 어떻게 아십니까? 아……! 플로라나 타날리
야가 이야기를 한 모양이군요."

"아뇨! 둘은 제게 그런 말을 한 적이 없습니다. 그나저나
병원은 가보셨습니까?"

"병원이요? 별로 아픈 데도 없는데 왜……? 아직 안 가봤습
니다. 그런데 왜 그러십니까?"

"발레리는 지금 그레이브스병에 걸려 있어요. 다른 말로는
바제도병이라고도 해요."

"제, 제가 병에 걸렸다고요?"

발레리는 몹시 놀란 표정을 짓는다. 이름도 생소한 병이니
아주 심각하다 생각한 때문이다.

그러거나 말거나 현수의 차분한 설명이 이어진다.

"네! 갑상선 내에 갑상선호르몬이 생성되도록 촉진시키는

자가항체가 생긴 모양입니다. 호르몬 분비가 과한 상태죠. 면역계에 이상이 생겨 발병한 겁니다."

"그, 그걸 어떻게 아시는 겁니까?"

믿어지지 않는다는 표정이다.

아무런 검사도 하지 않았는데 어찌 눈으로만 보고 병을 짚어내겠는가! 러시아에선 이런 능력을 가진 의사가 없다. 그렇기에 반문한 것이다.

"거울을 보세요. 발레리의 안구가 정상보다 약간 돌출되어 있어요. 설사도 자주하죠?"

"…죽을병입니까?"

발레리는 생존 확률이 낮은 폐암이나 췌장암 말기 선고를 받은 사람처럼 낙담한 표정이다.

"물론 치료하지 않으면 부정맥이나 심부전 등으로 사망할 수도 있습니다."

"아……! 얼마나 남았습니까?"

발레리의 표정은 몹시 심각했다. 이제 곧 사형이 집행될 것임을 전달받은 죄수가 이럴 것이다.

"치료만 받으면 죽지 않아요."

"그, 그런 겁니까?"

물에 빠져 허우적대는데 누군가 던져준 튜브를 잡은 사람의 표정으로 확 바뀐다. 의기소침해진 것뿐 삶에 대한 애착마저 잃은 것은 아니라는 뜻이다.

"손 좀 줘보세요."

"네?"

"소매를 걷고 손을 내밀어 보라고요."

"아! 네에."

왜인지는 모르지만 발레리는 순순히 손을 내밀었다.

"마나 디텍션!"

현수의 중얼거림을 발레리는 듣지 못하였다. 워낙 작은 소리였던 때문이다.

맥문을 통해 체내로 스며든 마나는 발레리의 신체 상태에 대한 보고를 한다. 예상대로 갑상선에 문제가 있다.

다음으로 문제 있는 곳은 간이다. 날마다 독한 보드카를 마셨으니 멀쩡하면 이상하다.

"간도 안 좋아요. 술을 너무 많이 마셔서 그래요. 위의 기능도 약간 떨어졌고, 장의 기능도 그러네요."

"그, 그런 걸 어떻게 아십니까?"

"한국의 전통 한의학을 익히면 알 수 있습니다."

"이제 어떻게 하면 됩니까?"

"상의를 벗고 엎드리세요."

발레리는 뼈만 앙상했다. 그레이브스병 때문에 살이 빠지는데도 잘 먹지 않아서 영양실조 직전까지 온 듯하다.

현수는 발레리의 등 한복판에 손바닥을 댔다. 갑상선이 있는 목과 간의 중간쯤 되는 위치이다.

"리커버리!"

샤르르르르룽―!

손바닥을 통해 발레리의 체내로 들어간 마나는 갑상선과 간으로 나뉘어 이동하더니 잃어버린 기능을 원래대로 되돌리는 작업을 시작한다.

그레이브스병은 초기이고, 간도 생각보다 나쁘지 않아서 그런지 금방 원상복구를 시키고는 주변으로 번져 간다.

나쁜 식습관과 오염된 환경, 잦은 음주와 흡연 등으로 인해 약해진 기능들이 빠르게 정상화된다.

이는 발레리의 몸 상태가 이전엔 상당히 괜찮았다는 것을 반증하는 것이다.

그리고 정치 논리로 인한 해고가 멀쩡했던 사람 하나를 망가뜨렸다는 것에 대한 반증이기도 하다.

이런 걸 보면 명예퇴직이라는 그럴듯한 이름을 붙이고 직원들을 해고하는 회사는 없어져야 한다.

정리해고도 마찬가지이다. 단물만 쏙 빼먹고 버리는 것과 다를 바 없는 처사이다.

아무튼 리커버리 마법으로 모든 걸 정상화시켰지만 이렇게만 하고 일어서라고 하면 안 될 것 같아 침을 꺼냈다.

발레리는 그레이브스병에 걸렸다는 소리를 들었다.

본인은 직업이 없어 돈을 벌지 못하니 병원에 가려는 생각을 하지 않겠지만 타날리야와 플로라는 아니다.

매일 술만 마시는 남편이며 아빠이지만 취했다고 가족에게 행패를 부리는 등의 일은 하지 않았다.

실의에 빠져 무기력하고 불쌍한 모습은 보이지만 지긋지긋한 남편이자 아빠는 아니다.

타날리야와 플로라는 요리장과 하녀임에도 상당히 많은 월급을 받는다. 웬만한 대학교수보다도 많다.

따라서 발레리가 병에 걸렸다면 즉시 병원에 가자고 난리를 피울 것이다. 아내와 딸의 성화에 못 이겨 병원에 갔는데 아무런 이상도 없는 정상인이라는 판정이 나오면 어쩌겠는가!

물론 며칠 전에 찍은 사진을 보면 안구가 튀어나와 있어 웬만한 의사 같으면 그레이브스병을 진단할 것이다.

그런데 지금은 정상인과 똑같이 들어가 있다. 분명히 이상하다 생각할 것이기에 귀에 침을 놓았다.

발레리의 몸에서는 담뱃진 냄새가 난다.

하루에 적어도 한 갑 이상은 피우는 듯하다. 술도 매일 마신다 하여 귀에 금연침과 금주침을 놓았다.

귀에 놓은 이침(耳針)은 일반적인 침과 모양이 다르다.

작은 반창고 위에 약 1~1.5㎜짜리 침이 박혀 있는 것이다.

샤워를 해도 떨어지지 않을 정도로 접착력이 좋다.

"자아, 이제 일어나셔도 됩니다."

발레리는 등에 손을 한번 댄 이후 귀에서 뭔가 따끔한 느낌을 받은 것 이외엔 없기에 의아하다는 표정을 짓는다.

그레이브스병이라고 이름까지 붙어 있는 병이라면 쉽게 고쳐질 것이 아니기 때문이다.

"당분간은 술도 담배도 자제하세요."

"네에."

술과 담배가 건강에 해롭다는 건 애들도 아는 이야기이기에 얼른 고개를 끄덕이곤 옷을 정리한다.

"자, 이제 음악 이야기 좀 해보지요. 혹시 크로스 오버에 대해 거부감이 있습니까?"

크로스 오버란 여러 장르가 교차한다는 뜻이다.

클래식을 전공했지만 팝이나 기타 다른 다른 장르의 음악을 연주하는데 있어 거부감을 느끼느냐는 표정이다.

"크로스 오버가 클래식 전공자에게 팝을 연주하라는 것이라면 아무런 부담이 없습니다. 오선지에 표현되는 모든 것을 연주할 수 있습니다."

"…아는지 모르겠습니다만 지르코프 상사에서 한국의 이실리프 어패럴의 제품을 수입했습니다."

"압니다. 항온의류! 우린 Термостатнческий라 부

르지요."

Термостатический는 러시아어로 항온이라는 뜻이다.

"모스크바엔 항온의류 매장이 104곳이 있다 합니다. 우리 계산에 따르면 인구 11만 5천 명당 점포 하나입니다."

"휘유! 엄청 북적거리겠네요."

"맞습니다. 사람이 많아 조금 시끄러울 뿐만 아니라 소란 스러울 때도 많다고 합니다."

"그럴 땐 차분한 음악이 좋습니다. 정서적 안정을 주거든 요. 그럼 매장 분위기도 좋아질 겁니다."

발레리의 말에 현수는 고개를 끄덕였다.

"맞습니다. 그래서 발레리와 동료들로 이루어진 현악 사중 주단이 점포를 돌면서 팝이나 세미 클래식 등 사람들의 귀에 익거나 선율이 아름다운 곡들을 연주해 줬으면 합니다."

"저를 고용하시려는 겁니까?"

직업 없이 지낸 시간이 꽤 된다.

그렇기에 발레리는 다소 상기된 표정이다. 고용한다 함은 급여를 지불하겠다는 뜻이기 때문이다.

"월 6만 루블이면 어떻겠습니까?"

공부를 많이 해야 하는 의사의 평균 급여가 월 2만 8,000루블(약 107만 원) 정도 된다.

6만 루블이라면 상당히 센 급여이다. 발레리는 한 번도 받아보지 못한 금액이기도 하다.

현수는 학교를 다닐 때 직업에 귀천이 없다고 배웠다.

맞다, 맞는 말이다.

그런데 직업에 귀하고 천함이 없다는 말에는 동의하지만 수입 금액까지 차이가 없어선 안 된다.

현대 사회가 요구하는 경쟁력이라는 걸 갖추지 않으면 점점 퇴보하기 때문이다.

현수의 생각엔 많은 공부가 요구되거나, 필요한 기구가 비싼 직업은 당연히 더 많은 급여를 받아야 한다.

예를 들어, 가만히 앉아 제발로 찾아오는 손님에게 돈을 받고 물건을 내주는 일을 하는 사람보다 MRI나 CT를 갖춰놓고 진료하는 의사가 당연히 더 많이 벌어야 한다.

방금 전 현수가 발레리에게 제안한 급여는 러시아에선 좀처럼 찾아보기 힘든 것이다. 그렇기에 발레리는 멍한 표정으로 바라본다. 방금 한 말이 진담이냐는 뜻이다.

"발레리가 추천하면 가급적 고용하죠. 경력과 실력에 따라 급여가 달라져야 하니 그 기준은 발레리가 짜오세요."

"…알겠습니다."

방금 현수가 한 말의 의미는 이러하다.

나는 예술에 대하여 아는 것이 적다. 그러니 경험 많은 당신이 도와라. 당신에게 상당한 재량권을 주겠지만 양심적으로 움직여 달라.

발레리는 의기소침했던 사람이지 멍청한 사람은 아니다.

현수가 한 말 속에 담긴 속뜻을 느낀 발레리는 크게 고개를 끄덕인다.

"네에, 책임지고 쓸 만한 사람들로 구성해 보겠습니다."

"좋습니다. 발레리를 1팀 팀장으로 임명합니다. 우선은 현악 4중주단을 구성하고 항온의류 매장을 순회하면서 연주해 주십시오."

"곡명은……."

매장에서 어떤 곡을 연주하면 좋겠냐는 뜻이다.

"클래식이 좋기는 한데 대중적이지 못합니다. 그렇다고 현악 4중주단이 라데츠키 행진곡을 연주할 수도 없죠. 그러니 대중이 많이 접했던 쉬운 곡 위주로 선곡해 주십시오. 그것도 발레리에게 주어진 권한입니다."

현수의 말이 떨어지자 발레리는 자리에서 일어선다. 그리곤 직각으로 허리를 꺾는다.

"김현수 회장님의 뜻에 부응하도록 노력하겠습니다. 저를 재활용해 주셔서 정말 감사합니다."

평상시의 발레리는 스스로를 취직하고 싶어도 자리가 없던 반쯤 모자란 찌질이로 자인하고 있었다.

그런데 주인의식과 소명의식까지 한꺼번에 주어지자 자신

을 쓰레기라 여겼던 속마음이 저도 모르게 드러난 것이다.

말을 해놓고 보니 조금 당황스러웠지만 행복하면서도 부담스러운 기분은 여전하다.

하여 잠시 멋쩍은 웃음을 지었다.

현수는 발레리와 조금 더 이야기를 주고받았다.

현악 4중주단 홀로 104개에 달하는 매장을 매일 들러볼 수는 없다. 하여 여러 유닛을 구상하였다.

러시아 필하모닉에서 쫓겨난 사람들 위주로 악단들을 만들려했던 것이다.

발레리의 최종 목표는 러시아 필하모닉에 버금갈 오케스트라를 구성하는 것이며, 늙을 때까지 근무하는 것이다.

물론 이러한 소망은 이루어진다.

현수가 애써 눈여겨보아서가 아니라 발레리의 실력이 워낙 출중하므로 아무도 시비를 걸 수 없기 때문이다.

*   *   *

"보스! 도착하였습니다. 이제 안전벨트를 푸셔도 됩니다."

"그래? 알았어."

스테파니의 상냥한 안내를 받은 현수는 안전벨트를 풀고 일어섰다. 그리곤 벗어놓았던 양복을 걸쳤다.

이실리프 어패럴에서 특별 제작한 항온의류이니 바깥이 다소 쌀쌀한 날씨지만 춥다 느껴지지 않을 것이다.

동승한 테리나는 베이지색 투피스 차림이다. 이것 역시 항온의류인지라 두터운 파카나 외투를 따로 가져오지 않았다.

현수의 자가용 제트기가 착륙한 이곳은 러시아 이실리프 자치령에서 가장 가까운 공항이 있는 네르친스크이다.

1869년에 러시아와 청나라가 네르친스크 조약을 맺었던 바로 그곳이다.

자치령엔 아직 활주로가 없어 이곳으로 온 것이다.

트랩을 밟고 내려서니 양복 차림의 사내가 대기하고 있다 정중히 고개 숙인다. 한눈에 보기에도 '나는 마피아다' 라는 느낌을 주는 건장한 40대 사내이다.

"어서 오십시오. 보스의 방문을 환영합니다."

"누구… 죠?"

"알렉산더 브레첸코입니다, 보스! 모스크바의 보스로부터 잘 모시라는 전갈을 받고 나왔습니다."

"그래요? 고맙군요."

"당연한 일입니다, 보스! 그리고 저는 보스의 수하입니다. 반말로 해주시면 좋겠습니다."

"…알았다."

"이렇게 만나뵙게 되어 지극한 영광입니다. 보스!"

알렉산더의 허리가 직각으로 꺾인다.

"어디로 가야 하는지는 아는가?"

"물론입니다. 이실리프 자치령이지요. 제법 머니 얼른 출발하셔야 합니다."

"그러지!"

브레첸코가 가져온 차는 다소 낡기는 했지만 아직은 쓸만한 벤츠이다. 현수와 테리나가 뒷좌석에 타자 브레첸코가 문을 닫고는 얼른 조수석에 오른다.

"출발해!"

네르친스크에서 조차지까지는 상당히 먼 거리이다. 그리고 겨우내 내렸던 눈이 녹지 않은 곳이 많다.

따라서 꽤 오랜 시간을 가야 한다.

"흐음! 이곳 조차지는 처음 가는군."

현수는 눈빛을 빛냈다. 세상을 바꿀 대역사가 시작되는 곳으로 간다는 생각 때문이다.

『전능의 팔찌』 43권에 계속…

이 시대를 선도하는 이북 사이트

이젠북

www.ezenbook.co.kr

더욱 막강해진 라인업!
최강의 작가들이 보이는 최고의 재미.

이들의 "유료연재"가 시작됩니다!

김재한 『성운을 먹는 자』   태제 『태왕기 현왕전』
홍정훈 『월야환담 광월야』   전진검 『퍼팩트 로드』
이지환 『어린황후』   방태산 『완벽한 인생』
좌백 『천마군림 2부』   왕후장상 『전혁』
김정률 『아나크레온』   설경구 『게임볼』

검색창에 **이젠북** 을 쳐보세요! ▼

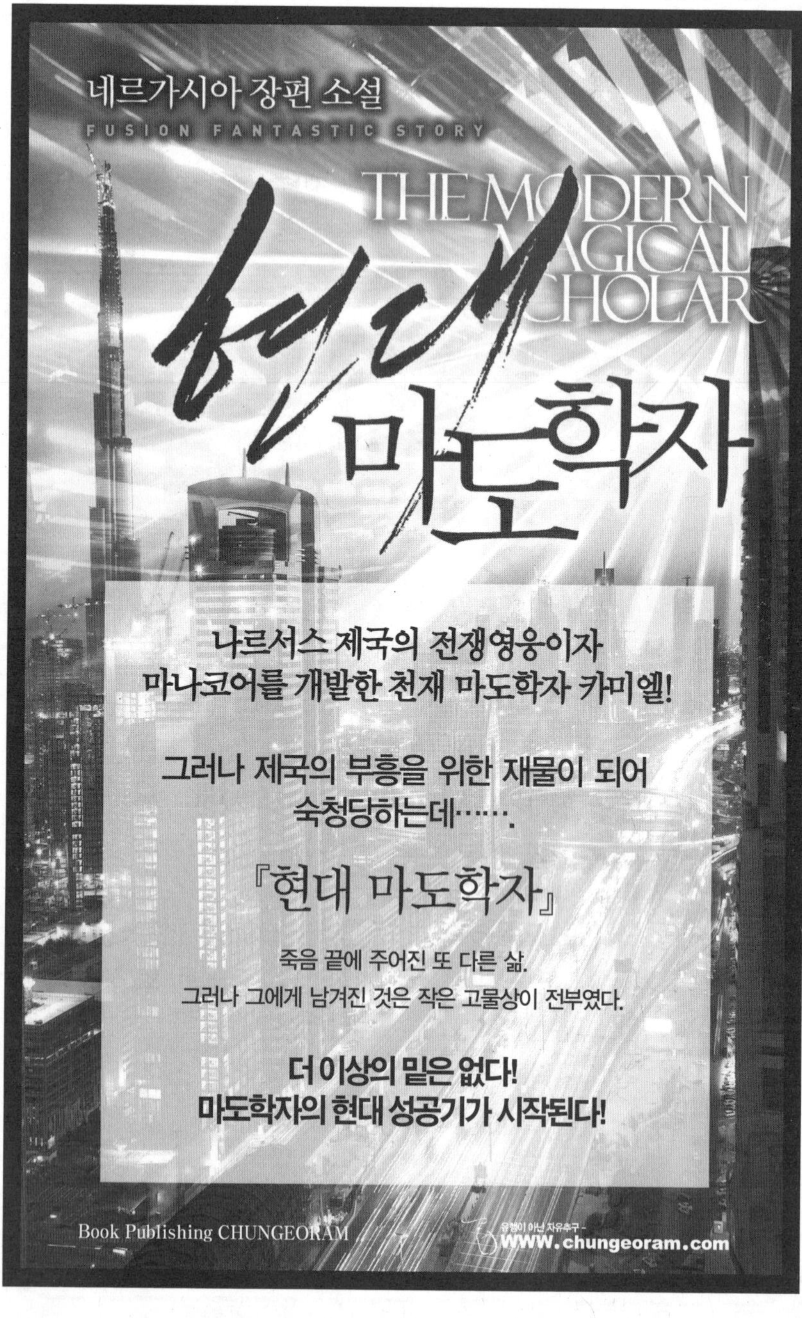
네르가시아 장편 소설
FUSION FANTASTIC STORY
THE MODERN MAGICAL SCHOLAR
현대 마도학자
나르서스 제국의 전쟁영웅이자
마나코어를 개발한 천재 마도학자 카미엘!
그러나 제국의 부흥을 위한 재물이 되어
숙청당하는데…….
『현대 마도학자』
죽음 끝에 주어진 또 다른 삶.
그러나 그에게 남겨진 것은 작은 고물상이 전부였다.
더 이상의 밑은 없다!
마도학자의 현대 성공기가 시작된다!
Book Publishing CHUNGEORAM
www.chungeoram.com

내일을 향해 쏴라

김형석 장편 소설

FUSION FANTASTIC STORY

1만 시간의 법칙!
'성공은 1만 시간의 노력이 만든다' 는 뜻이다.

그러나…
사회복지학과 복학생 수.
전공 실습으로 나간 호스피스 병동에서
미지와 조우하다.

1만 시간의 법칙?
아니, 1분의 법칙!

전무후무한 능력이 수에게 강림하다!
맨주먹 하나로 시작한 수의
인생역전이 시작된다!

Book Publishing CHUNGEORAM

유행이 아닌 자유추구 -
WWW.chungeoram.com

즐거운 인생

미더라 장편 소설

FUSION FANTASTIC STORY

A Bittersweet Life

**삶의 의욕을 모두 잃은 주혁.
어느 날 녹이 슨 금속 상자를 얻는데…….**

"분명 어제도 3월 6일이었는데?"

동전을 넣고 당기면 나온 숫자만큼 하루가 반복된다!

포기했던 배우의 꿈을 향해 다시금 시작된 발돋움.
눈앞에 펼쳐진 새로운 미래.

**과연 그는 목표를 이루고
인생을 바꿀 수 있을 것인가!**

Book Publishing CHUNGEORAM

유행이 아닌 자유추구 -
WWW.chungeoram.com

전혁 新무협 판타지 소설
FANTASTIC ORIENTAL HEROES

왕후장상

『월풍』, 『신궁전설』의 작가 전혁이 전하는
유쾌, 상쾌, 통쾌 스토리, 『왕후장상』!

문서 위조계의 기린아 기무결.
사기 쳐서 잘 먹고 잘살던 그에게 날벼락이 떨어졌다.
바로 녹슨 칼에서 나온 오천만 냥짜리 보물지도!

기무결에게 내려진 숙제,
오천만 냥을 찾아라!

그러나 꼬인 행보 끝 도착한 곳은 동창의 감옥이었으니……

"으아악! 이게 뭐야!! 무림맹이 왜 여기 있는 거야!"

천하제일거부를 향한 기무결의
끝없는 도전이 시작된다!

Book Publishing CHUNGEORAM

 유행이 아닌 자유추구 -
WWW.chungeoram.com

용마검전
FANTASY FRONTIER SPIRIT
김재한 판타지 장편 소설

「폭염의 용제」, 「성운을 먹는 자」의 작가 김재한!
또다시 새로운 신화를 완성하다!

『용마검전』

사악한 용마족의 왕 아테인을 쓰러뜨리고
용마전쟁을 끝낸 용사 아젤!

그러나 그 대가로 받은 것은 죽음에 이르는 저주.
아젤은 저주를 풀기 위해 기나긴 잠에 빠져든다.

그로부터 220년 후……

긴 잠에서 깨어난 아젤이 본 것은
인간과 용마족이 더불어 살아가는 새로운 세상이었다.

Book Publishing CHUNGEORAM

유행이 아닌 자유추구 -
WWW.chungeoram.com

허담 新무협 판타지 소설

FANTASTIC ORIENTAL HEROES

검은 별

하늘아래 모든 곳에 있고,
결코 사라지지 않는다.

세상은 그들을 멸시하지만,
세상의 모든 야망가가 은밀히 거래한다.

선과 악이 어우러지고,
어둠과 밝음이 서로를 의지하듯
세상의 빛 그 아래 존재하는 자들.

무수한 별이 빛을 잃어 어둠을 먹고사는
검은 별이 되어 살아가는,
그리하여 세상 모든 사람이 두려워하는…

그들은 유령문이다!

Book Publishing CHUNGEORAM

유행이 아닌 자유추구 ~
WWW.chungeoram.com

연재 사이트 베스트 1위!
어디에서도 볼 수 없었던 천재 의사가 온다!

『메디컬 환생』

언제나 실패만 거듭해 온 의사 진현,
그런 그에게 찾아온 인연의 끈이 있었으니.

"다시 삶을 살면… 어떤 삶을 살고 싶으신가요?"

다시 한 번 주어진 인생
이번엔 반드시 성공하리라!

Book Publishing CHUNGEORAM

유행이 아닌 자유추구 -
WWW. chungeoram.com